THE JOY OF WALKING
出门散步去

[英] 苏西·克里普斯
(Suzy Cripps)　编著

丁林棚　译

中国出版集团
中译出版社

目录

导读

独自徒步旅行的那段时期，我感到从未如此完整地存在过，从未如此彻底地生活过，从未如此淋漓尽致地做我自己，如果我能够这样表达的话。

卢梭《忏悔录》

你手里拿着的这本集子，名叫《漫步的快乐》。你选择它，或许是因为你早已是一名经验丰富的漫步者。这样的话，欢迎你拿起这本书，也有可能你会把自己描述成一个喜欢居家的人。在你看来，外出散步简直就是遭罪，你认为，“漫步的快乐”就是一个充满讽刺的语句。在你的经历中，漫步总是意味着在乡下的好多地方浑身湿透，冷得瑟瑟发抖。要么是扭了脚踝，要么是起了水泡，终归是浑身难受。或者是比这更糟糕的情况，一次运气不佳的郊外野营，就像《蝇王》中描写的那样，让你流落到荒无人烟之处，不仅团队分裂，各走各路，还被一群野蛮的男孩追赶着四处躲避。

或许，作为一个后现代社会的公民，你觉得漫步对其他人而言尚好，但对你来说就不是这样了。正如亨利·梭罗在一篇脍炙人口的散文《漫步》中所说：漫游者是天生的本性，而非后天养成。因此，你得出结论，认为有两种类型的人：正常人和漫步者，而后者则是濒危物种。但是我认为，这样划分漫步是一种失察，把人类同漫步隔绝开来，对大多数人来说，就是让大部分生命大打折扣。对我们大多数人来说，虽然原因不同、地点各异，但我们总是在漫步。

对有些人来说，漫步就是一场治疗。最近，一个好朋友给我看了他和母亲在 WhatsApp 上的一段有趣的对话。他母亲大发牢骚，一连打了好几百个字，最后却只收到一条回应，那回应很实在，只有一行字："吃根香蕉，出去散散步。x”然而，漫步并不只是治疗。在漫步之外，还有更实际的功用——到我们想要到的地方去，还可以借此消磨时间。漫步有开始，有结尾，有目的，是一段迷你的人生旅程。漫步给予我们目标。我们为了健身而漫步，许多人从早到晚非常执着地跟踪步数。有些人每天漫步好几英里，为的是维持生计。有些人漫步只是为了到街角的商店购物。

好吧，你叹口气表示承认，疲倦得好像被人硬拖去了太多国民信托旗下的免费景区[①]，不可否认，我们生命中确实花了大量的时间漫步，但是，漫步真的有趣到值得编一整本选集吗？

不可否认的是，在人类进化的过程中，一只脚踏在另一只脚的前面，这个简单的动作激发了人类的艺术创作。从最早的英语文学算起，漫步就一直默默无闻地陪伴着我们。在古英语诗歌《漫游者》里面，漫步是一种缓解

---

① 国民信托（National trust），全称为“英国国家名胜古迹信托”（National Trust for Places of Historic Interest or Natural Beauty），其会员可免费参观部分景区。

痛苦的方式，诗中同名的主人公“漫行者”在悲伤的沉思中踏上了流放的土地。到了中古英语则出现了大量的朝圣文学，身体在旅行的同时，精神也踏上了进步之旅。这类从中世纪开始的文学到今天演化成一种特殊的亚体裁，即关于自然和漫步的文学（例如娜恩·谢泼德的《活山》或者罗伯特·麦克法伦的《古道》）。漫步与人类生存息息相关。关注漫步就是关注生命本身，用今天这个时代的语言来说，生命就像一次宝贵的时间投资。然而我希望这个集子能够传达这样的精神——漫步能够让追求“投资回报率”的需求得到升华，或者让人们把视线从这种需求转移开来。

然而，关于漫步的文学跨越几个世纪，我们究竟怎么为这部文集遴选美文？显而易见，选集需要标准或者某种边界（如果至少做到编写一部袖珍文集的话）。这本书中的作品跨越了从17世纪中期到20世纪早期这段时间。它们不仅是经典，还从诸多迥异的视角探讨了漫步这一话题，其视角或许令人惊讶。有的选段来自关于漫步的一些里程碑式的经典散文，有的来自小说，使我们把漫步想象为存在于大多数小说中的一个我们很少注意到的静默魂灵。不过，首先，我们应当为前面的旅程做一些热身运动，不妨先来简短地浏览一下我们在前进路上将会遇到的作家、作品和视角。

在一部关于漫步历史的精妙绝伦的著作《旅行癖》中，丽贝卡·索尔尼克谈及现代生活的一个关键问题，即忙碌。她说：

> 我喜欢漫步，因为它是慢速的。我相信，正如双脚一小时能走大约三英里一样，头脑运转的速度也差不多。如果真是这样，那么现代生活的速度就比思想或沉思的速度快出许多。

作为在匆忙文化中的一种放松大脑的方式，这个看似极其现代的关于漫步的陈述，竟然能在几个世纪之前的作品中找到回音，这或许令人惊讶。18 世纪威尔士诗人约翰·戴尔这样赞颂悠然地漫步于寂静乡间的那种畅快：“哦！强大的沉默！在诗人繁忙的脑子里，你保持君主的绝对威严！”实际上，这本选集中的许多诗人、小说家和散文家都笃信一句拉丁语谚语：“高尚的灵魂寄寓于强健的身体。”我们或许会对17世纪诗人托马斯·特拉赫恩的观点点头表示赞同。他认为，漫步与思维关系最为密切：“漫步就是思想的漫步，就是在精神中来回漫步。”同样，沃尔特·惠特曼的诗歌《大路之歌》也会激起我们的兴趣——诗人把思想描写为漫步的成果：“无论冬夏都挂在树梢，在我经过时果实几乎掉落。”

漫步不仅是思维的休憩地，这种沉思的行动还会抚慰人们的情绪。哈丽特·马蒂诺在她的自传中提到，漫步总是能给她带来“欢畅轻快的心情”。漫步还可以唤起人们更强烈的情感。比如，在哈代的《在勃特雷尔城堡》中，叙事者重温他曾与恋人走过的一段小路时，往日的浪漫情调重新在他脑中浮现。毋庸赘言，漫步和情感是浪漫主义诗歌时期最重要的主题，入选本文集的诗歌的有多萝西·华兹华斯、约翰·克莱尔、罗伯特·骚塞、伊丽莎白·巴雷特·布朗宁、威廉·华兹华斯的作品。对他们而言，漫步不啻一种精神体验。相反，在夏洛特·伦诺克斯的杰作《女吉诃德》中，作者通过模仿的手法对荒唐的想象进行了讽刺，在城中散一回步也能让女主人公无法分清幻想和现实。在这一时代，漫步是寻求浪漫的地方，是一个私密的地方，正如《远离尘嚣》中芭丝希芭·伊芙丁和特洛伊中士的林中幽会，或者罗莎·努赛特·凯莉的《与众不同的女孩》中迪克和楠享受并肩漫步一样。

不过，显而易见，漫步首先是一种运动。漫步者随时会尝试小小的冒险，远离那庸俗的日常生活，“合上每一本书，放弃每一种追逐”，就像杰西·雷德蒙·福塞特在《回旋诗》中所写。漫步正如旅行，总是给人一种可能、随性、自由的感觉。漫步给我们一个机会去回答艾米莉·勃朗特的小说《呼啸山庄》中年轻的凯西·恩萧提出的问题:“我想知道山的那一头是什么？”的确，徒步旅行能让我们体味到远离一切尘世羁绊的感觉。在威尔基·柯林斯的康沃尔游记《铁道外的漫游》中，漫游者变成了像乌龟一样的人，背包里装满尘世间一切物品四处漫游，而“那背包早已成为二人脊梁的一部分”。从概念上讲，除非我们有某种随从为我们背负行囊，否则，漫步要求我们放弃一切，只留下生命之必需。

漫步并不像柯林斯那样，只是进行一场长途的远足。许多选段被我们选进文集，是因为它们能够描写触手可及的日常漫步，记录个体的经历，让我们跟随他们去理解日常生活中漫步给我们带来的那种生机勃勃的宝贵时刻。珍妮·欧黛尔在《怎样无所作为》（2019）一书中精辟地指出，探索是漫步最生动的表现：

在某个出乎意料的秘密过道上徘徊，感觉仿佛跌出了线性时间的范围，即便是短暂的一刻，这些地方和时间也总成为我们的休憩之所，就像那些长期的退隐之地一样，当我们重新回到这里，它们总会影响我们看待日常生活的态度。

这意味着，在保持生活方式方面，乡村和城市漫步具有同样的价值，徒步旅行不但可以有新的发现，且可以让人总是精神焕发。克里斯托弗·莫利曾经自诩说，即便走在波士顿的大街小巷中，他也可以找到令人精神焕发的清静，宣称“孤独地漫步在城市的街道上，就像梭罗漫步在瓦尔登湖畔一样”。不仅如此，城中漫步还随时让人感受到一种探险的豪迈。在夏洛蒂·勃朗特的小说《维莱特》（1853）中，女主人公露西·斯诺感到，“独自漫步于伦敦，就像经历一场探险”。实际上，在 19 世纪，游荡者这一形象——一个边走边观察城市生活的绅士——成为文学中的隐喻。在夏尔·波德莱尔的诗《致过路者》中，诗人给我们塑造了一个教科书级的冒险的游荡者形象，叙事者这样描写他对一个漂亮女郎的匆匆一瞥：“啊，那面庞让我如此沉醉，彻底癫狂，如黢黑的夜空飓风骤起，一片迷茫。”

城市成为绅士漫步的游乐场，他的眼前百味杂陈，刺激着他的感官，等待他去品尝。也只是最近，当代文坛才创造了与男性游荡者相对的女性形象（女游荡者）。然而，历史上，在城中漫步一直被认为是男人的事业，文学作品中描写的空间主要通过男性的凝视来观察。对女人而言，在街头漫步更常见的联想意义就是出卖身体。

事实上，虽然这本文集中收录的材料可谓五花八门，但漫步主要是白人和男性主导的一种行为。亨利·梭罗在题为《漫步》的文章中谈论他那个时代的女性命运时，提出了一个十分中肯的问题：“被困在家中的女性怎么还能比男人更能忍受，这我不知道。但是，我有理由相信，她们中的大多数完全不需要去忍受。”

他说的对，这本选集中的女人们不能容忍原地不动，因此她们走到外面去了。然而，我们会发现，总的来说，她们谈论漫步的内容和视角有所不同。漫步并不是一种漫无目的、用来消遣时间的活动，而是女人寻求摆脱社会束缚的仅有的几种方法之一。伊丽莎白·盖斯凯尔在谈到她的小说《南方与北方》中的女主人公玛格丽特·黑尔的时候，一语中的地总结了这种情感：“她的户外生活完美无缺，家庭生活却不如人意。”的确，对女人来说，漫步可能是一种欣喜若狂的体验。伊丽莎白·巴雷特·布朗宁的诗中，奥罗拉在利霍尔花园（Leigh Hall）中漫游，她感觉自己“如此年轻，如此强壮，感到如此实在的上帝！”不过，除了这种个体的圆满之外，漫游者在生命中还经常遭遇焦虑和怀疑。本选集中的许多作品都是对这种声音的反驳，这其中有简·奥斯汀的《傲慢与偏见》中伊丽莎白·本尼特到尼德斐庄园的漫步，她不顾道路泥泞，冲破世俗规定，被母亲称为“傻乎乎”，而其他女人则视之为“不可思议”的行为；也有范尼·伯尼的《漂泊者》中梅普尔太太充满智慧的话：“她长着两只脚是做什么用的？”不管怎么说，步行的女人是一个极具争议的形象。

在这本文集的收录时间范围内，女性作家不多，有色人种作家同样也不多。我在这里收录了几个重要的作品，拉宾德拉纳特·泰戈尔的书信集《孟加拉掠影》（1885—1895）给我们呈现了在印度次大陆漫游的场景。我还受到卡米尔·T. 顿吉的选集《黑人的本质——四百年非裔美国黑人自然诗选》中思想的启发。编者在这本书中指出，非裔美国黑人作者常常被“政治解读”掠为俘虏，而实际上他们的作品主题五彩缤纷，无所不有。为客观起见，我选取的当代非裔美国黑人作品呈现了各种不同的视角。首先，是《弗雷德里克·道格拉斯：一个美国奴隶的生平自述》记述的漫游经历（1845）。收录这篇文章的原因是，与 19 世纪漫步文学主流作家笔下的田园景象不同，它更能提供一些细微差异。其次，我还同时收录了杰西·雷德蒙·福塞特的《回旋诗》（1912），因为它可以作为非裔美国黑人文学中关于漫步主题的作品范例，不仅满足了选集的时代要求，而且不会被理解为一首“关于种族”的诗。一本聚焦 20 世纪和 21 世纪漫步主题的选集自然要包括更为多元的经历。然而，从英语世界的角度来说，本书后面的这些选段给 17 世纪中叶到 20 世纪早期的漫步文学提出了深刻的洞见。

我希望你能够喜欢这本集子里的选段，不时地随手翻阅。或许它还能激励你到户外去探索，去体会——漫步对大多数人来说，意味着去关注生命的里程碑，去关注你存在的事实，而这就是值得我们去探索的问题。

漫步

节选

亨利 · 大卫 · 梭罗

1817—1862

亨利·大卫·梭罗是美国散文家、诗人和哲学家。他是超验主义的支持者。超验主义是一种文学和哲学运动，其核心信念为，人类和自然本质上都是美好的。梭罗最著名的作品是《瓦尔登湖》（1854），该书讲述了他在森林中生活的两年经历。在他的演讲稿《漫步》（1862）的摘录选段中，他解释了漫步如何使我们远离人类文明，迫使我们与自然和自我相遇。

我说的那个地方的西边，其别名就是荒野，我一直想说的就是，世界在荒野中得以保存。

——梭罗

我相信，玉米生长在森林中、草地上、黑夜里。

——梭罗

我要为大自然说句话，不同于人类纯粹世俗的自由和文化，它拥有绝对自由和野性——要把人类视为大自然的居民或者不可或缺的一部分，而不是社会的成员。我希望能以一种极端的方式强调我的观点，因为人类文明的捍卫者已经足够多了——教堂牧师、学校委员会，你们每个人都对文明关心备至。

一生中，我只遇到过一两个通晓“行走艺术”的人，也就是会散步的人。可以说，他们具有漫步的天赋。漫步这个浪漫的词由来已久，据记载，“中世纪一些游手好闲的人在乡间东游西荡，假借到圣地朝圣的名义四处乞讨”。这里的“到圣地朝圣”即为“漫步”。后来，孩子们看到这些人就会高呼：“来了一个朝圣者！”这就是“漫步者”，亦即“朝圣者”的来由。当然，那些貌似去朝圣，却从来没有到过圣地的人，只不过是游手好闲的懒汉和流浪汉；但是，那些真正踏上圣地的人，才是我所说的地道的漫步者。还有人认为，“漫步”一词发源于“没有土地”这一说法——没有土地，或者没有家园。因此，往好里说，漫步者即指那些居无定所，却以四海为家的人。这就是实现伟大漫步的秘诀。那些久居家中的人或许是最伟大的漂泊者，但是，真正的漫步者并不像那蜿蜒的河流一样漫无目地、一刻不停地急切寻找通往大海的最短捷径。不过，我更赞同第一种说法，那可能才是漫步一词的真正来源。因为每一次漫步都是某种十字军东征，内心感受到隐修士彼得的召唤，为把圣地从异教徒手里夺回来而踏上征程。

是的，我们不过是些胆小怯懦的十字军，甚至如今的那些步行者，他们无疾而终、浅尝辄止，也是怯懦的十字军。我们的远征不过是游览，黄昏一到便匆匆折返，回到我们熟悉的壁炉旁。有一半的旅程都是重蹈覆辙。或许，即便是最短的漫步，我们也应当抱以不死的决心和探险精神，义无反顾地踏上征途——时刻准备把我们以熏香保存的心脏当作遗骸送回久已荒弃的故土。如果你已经准备好远离父母兄妹、妻儿朋友，永不相见，如果你已经偿清债务，立好遗嘱，处理好后事，一身自由，那你就可以动身云游了。

说到我自己的感受，我和我的同伴（因为我有时会有个旅伴）都喜欢幻想自己是前所未有的勇者，或者说是古老的勇者。我们不是马术师和骑士，不是骑手和牛仔，而是漫步者。我相信，我们仍然属于那个更古老、更荣耀的阶级。昔日属于骑手的那种豪情侠义永驻漫步者心中，而与那勇者无缘，或者说，那种豪情侠义是昔日的珍贵遗留，激荡在漫步者心中。我们这些漫步者是逍遥的云游侠，属于第四等级，不属教堂、国家所辖，不属公民之列。

我们总觉得，我们是孤独的践行者，附近除了我们，再无他人知道这门高雅的艺术。可是，说实话，虽然我的大多数同乡有时也想像我这样出去漫步（如果我们至少相信他们的这个愿望），却无法做到。闲暇、自由和独立，这是从事这一事业的必要资本，任何财富都无法买到，而只有承蒙上帝恩赐。成为漫步者，需要有上天的直接恩赐。你必须降生到漫步者的家庭。漫步者是与生俱来的，而非后天养成的。的确，我的一些同乡曾经记忆犹新地向我描述十年前的某次漫步经历。他们沉醉在这上天的恩赐之中，以至于在丛林里迷了路，一连走了半个小时才找到方向。但是，我敢肯定，他们此后便一直只顺着公路行走，不管他们怎么假装自己属于“漫步者”这个高贵的等级。当然，毋庸置疑，他们在林中感到兴奋之时，一定回想起了昔日的某种生存状态，哪怕那时他们也只不过是护林员和绿林好汉罢了：

在一个快乐的清晨，
他来到苍翠的森林。
鸟儿欢快地歌唱，
歌声在萦绕他的耳旁。
罗宾汉沉思良久，喃喃自语：
“自从我上次来到这里，
时间已不能记起。

我要在这里暂驻，

去猎捕那棕色的麋鹿。”

我觉得，我每天若不花上至少四个小时（通常时间更长）到林中漫步，翻过山岗，穿越田野，彻底远离这尘世的杂役，就无法保持身心的健康。你完全可以说，我的想法一文不值，也可以说一字千金。有的时候，我会想起那些技工和店主，他们坐在店里，跷着二郎腿，一待就是一上午，再然后就是一下午，好像他们的双腿生来就是为了盘坐，而不是站立或行走——这样的人真有很多——我觉得，他们没有早早结束自己的生命，那可真是令人敬佩。

我只要一天闭门不出就会身体生锈。有的时候，我会忙里偷闲，下午四点就迫不及待地出门散步，此时，白日的韶光即将逝去，已经来不及挽回，暮色渐合，与白昼相染，使我产生一种负罪感，必须抵偿。说实话，我的邻居们能够一整日待在商店或办公室，几个星期、几个月甚至几年都不出门，他们的忍耐力让我惊讶，更不用说他们麻木的精神。我不知道他们是什么材料做成的——已经下午三点，还能安坐于室内，仿佛时间只是凌晨三点。波拿巴或许会谈论凌晨两点突袭敌人的勇气，但是下午的此时还能违背自我的意志——一上午的时间，你早已了解了自我的意志——却一定要坚守阵地，让那座与你共命运的内心堡垒弹尽粮绝，这种勇气真的不值一提。我只是觉得，这个时分，或者说下午四五点这会儿，读晨报太晚，看晚报太早，街头巷尾也不会有什么爆炸性的消息，让那陈旧过时、家长里短的议论和臆测随风四散，暴露在空气之中——邪恶往往不治自亡。

与男人相比，女人更是足不出户，她们怎么能够容忍这种状态，我真是无法理解。不过，我有足够的理由相信，她们大部分不需要站着忍受。夏日的午后不久，我们抖落沾满风衣下摆的乡村尘埃，匆匆走过那些拥有多利安或哥特式门面的房子，那些房子仿佛都在安歇，我的旅伴悄悄对我耳语，大约这些时候，房子里的人都已睡觉去了。而此时，那些美丽而壮观的建筑成为我眼中的美景，它们永远不会沉睡，而是一直昂首矗立，站在户外，守护那些沉睡的人。

毫无疑问，漫步跟人的性情有很大关系，尤其跟年龄密切相关。随着年龄增长，人们静坐和室内活动的本领也越来越大。到了垂暮之年，人们的习性更加适合夜晚，直至最后，只在日落之前出来走动半个小时，这就是他需要的所有活动。

但是，我所说的漫步和所谓的锻炼没有任何关系，那种锻炼只是病人按时吃药时的活动，只是举举哑铃或荡荡秋千。漫步是一天中的大事，是白日里的探险。如果你想锻炼，去寻找生命的源泉吧。想想看，一个人仅仅为了健康而举举哑铃，殊不知，在远方的草场上到处都是汩汩涌动的泉水！

而且，你必须像一只骆驼一样漫步。据说骆驼是唯一在行走时反刍、回味的动物。当一个旅行者请华兹华斯的女仆带他参观主人的书房时，那女仆说："这里是他的藏书室，他的书房在户外。"

经常在户外生活，风吹日晒无疑会磨炼出粗犷的性格，让我们原本细腻的本性表面上生出厚厚的角皮，就像我们的面颊和双手变得粗糙那样，或者如同繁重的体力劳动让双手失去敏感的触觉。因此，从另一方面来说，待在家里会养成一种柔弱细腻的性情——更不用说纤细的肌肤，心灵对各种外界印象的感受力也随之增强。或许，如果少些风吹日晒，我们就应该更多地接受使智力和道德进步的重要影响，这无疑对于平衡皮肤的粗糙和细腻大有裨益。然而，在我看来，那不过是随时脱落的皮屑罢了；昼夜更替、寒暑往来、由思及行，大自然将在它们的平衡之中去弥补不足。我们的思想将拥有更灿烂的阳光、更新鲜的空气。与那柔软无力的手指相比，劳作者满是老茧的手掌更懂得为什么自尊和英勇更加高贵，触摸它们会让人心振奋。一个人卧床终日，自认为皮肤白皙，那只是自作多情的多愁善感，根本比不上生命体验中的晒黑的皮肤与坚硬的老茧。

当我们漫步的时候，我们自然会来到田野上、丛林中。如果我们只是走进一座花园或一个商场，将会是什么结果？就连某些哲学家也感到，有必要把丛林搬到身边，因为他们不曾走进过丛林——“他们种下成片的小树林，在道路两旁栽上法国梧桐”，然后便在露天门廊的户外散步。当然，如果我们的双脚并没有把我们带到那丛林中去，对它们发号施令也一无用处。有的时候，我的身体已经深入丛林一英里，灵魂却在别处，而这时我总会惊慌失措。午后漫步的时候，我会很乐意忘却整个上午的工作和社会的责任。不过，有时候，我无法轻而易举地摆脱村庄的纠缠，脑子里总是想着某件未做的工作。我和我的身体并不在一处——我已经全身麻木，没有感觉。漫步的时候，我愿意让我的身心回归，让感觉回归。如果我心里想着森林外的事情，到森林里来却是何干？

路的狂喜

节选

约翰 · 巴勒斯

1837—1921

约翰·巴勒斯在纽约特拉华县的一个乡村农场长大，童年时对周围的自然世界着迷，后来成为一名博物学家和散文家。他是约翰·缪尔和沃尔特·惠特曼的朋友。在 1873 年的《路的狂喜》一书中，他描述了不时选择退出现代生活的必要性，认为这样可以让人们逃离现代生活，回到真正属于我们的乡村。他断言，徒步者“不仅是大自然全景的旁观者，而且是其中的参与者。”

我心情舒畅，徒步走上那开阔的大路。

——沃尔特·惠特曼

有的时候，走在人行道上，置身于衣冠整洁、脚登高跟靴或高帮鞋而快速移动的人群之中，我能瞥见一只赤裸的人类的脚。那只脚敏捷地移动着，脚趾张开，脚的四面触地，脚后跟向外突出。那只脚紧紧扣住路缘带，或者顺着不平的路面弯曲——它生机勃勃，充满了感官的愉悦，似乎能意识到一切它触碰到或路过的东西。在这样的人群中，那只脚是多么的原始和野蛮——这真是会客厅里的一个野蛮人。我们对人体结构、对简单、质朴的本质是如此不适应，以至于这只脚看起来有些令人生厌。然而，这却是一只美丽的脚。尽管它黑乎乎的，沾满了灰尘，却值得我们的赞颂。在一堆死气沉沉的皮革当中，它就是充满活力的生命；在狭小拥挤的空间中，它是自由的魂灵；在被困入笼中的野兽中，它是一只恣意颉颃的飞鸟；在一群瘦弱羸老的病夫中，它就是一个体格强壮的健将。它就是我的荣誉徽章，我的漫步者徽章。这个无拘无束、活力四射的人体器官属于步行者，是回归到本初原则的人类，和土地与自然建立了直接的接触和交流。他的各种器官如出鞘的剑，他的心智柔韧豁达，他的身体刚健结实，他的心境轻松活泼，他的灵魂舒张恣意；而那些套着牛皮和羊皮、弯曲变形的身体部位最终将难逃悲惨命运，只能横卧轿中或平躺到软垫之上。

我并非要宣扬不要去使用靴子和鞋子，或者宣扬放弃种种先进的交通方式，但是我要代表行走者无所顾惮地夸耀一下双脚，让诸位看一看，所有光芒四射的天使是怎样俯首称臣，跟随在徒步者身后的，看一看那些黑暗魂灵是怎样不惜一切，寻找纵马飞驰的机会的。

腿脚灵活的美国人宁可忍受种种不适、接受各种伤害，也不愿意徒步走上一英里或半英里的距离。只要气温下降一丁点，或者有一两英寸的积雪，他们便会拥挤进街车，满满一车的人，手抓着吊带，踩着彼此的脚趾，呼吸着彼此的鼻息，挤压着妇女和儿童，拼命抓着那只有方寸的站台，冒着折胳膊断腿、压死路上马匹的危险。一看到这些，我就觉得，街头最平凡的流浪汉也可以为自己庆幸，因为他拥有这罕见的徒步行走的特权。人类这个物种忽略并藐视他的自然天赋，害怕与土壤接触，因为在这一片土壤上，没有道路，没有这些道路所象征的土地拥有者，没有闲人勿进的警告，而那一片土壤却只懂得大道、马车道，对其他道路一概不知，那里忘却了篱笆梯、步行桥，对公共道路上的行人权利嗤之以鼻，把他逼到水渠中、堤岸上，不给任何逃路。这样的一个物种，已经彻底堕落，病入膏肓了。

莎士比亚认为，做一个漫游者的首要条件，就是要有一颗快乐的心。

走啊，走啊，顺着小路行走，
快快活活地跃过篱沟；
快乐的心儿整日行走不休，
一英里外，你就把悲伤忘在脑后。

人的身体就是一匹骏马，在快乐骑士的驾驭下无比自由地驰骋，远走天涯，而天下最快乐的骑士就是一颗快乐的心。你的悲伤、你的苦闷、你的仇恨，还有你那颗不能自拔的心，会安稳地坐在马鞍上，而你身下的那匹骏马，也就是你的身体，开始轻快地走出第一个英里。的确，世界上最沉重的就是一颗沉重的心。除此之外，对一个漫步者来说，最笨重的累赘就是一颗不能与身体完全情投意合、和谐相处的心——一颗身不由己，勉为其难的心。马与骑手不仅要有走同一条道的意愿，而且必须由骑手指引坐骑，将他的轻盈快活和迫切注入骏马身上。毫无疑问，这就是我们的烦恼，也是这门高雅的艺术在这个国家没落的原因。我们都是迫不得已的漫步者。我们还不够天真无邪，不够纯真质朴，因而无法享受这漫步的快乐。我们已经失去了上天的恩宠，不再具有享受漫步快乐的能力。不能说作为一个民族，我们已经悲伤、愤懑、忧郁得如此无法自拔，不再具有我们先人身上所特有的那一团活泼、充沛的生气，那种从完整、和谐的生命中喷涌而出的生气。拥有一颗快乐的心是多么幸运！能够云游四方是何其甜蜜！——一个人，如果想要懂得这点，就必须关注近在身旁的普通事物，满足于它们持久而绵薄的回报。这是一个美国人需要懂得的道理，即低调地获得满足的能力。美国人总是希望得到快速、丰厚的回报，总是希望以高昂的代价僭越基本的法则。对于漫步，他没有丝毫兴趣——行走速度太慢，收益太小。我们渴望惊喜，渴望意外，渴望遥远的事物，面对神奇的大路却视而不见——这就是人类的信仰和淳朴堕落的标志。

如果我对我的邻居说："跟我来，我要给你看一些伟大的奇迹，"他就会支棱起耳朵，跟着我来；但是，如果我把他带到山巅，站在灿烂夺目的阳光下，或者沿着乡间小路散步，让月光和星星照亮我们的足迹，然后告诉他："看，这就是奇迹，这些是神灵飞过的地方，我们脚下踩着的就是一颗晨星。"他会有一种受骗的感觉，好像我对他耍了花招。然而，夸张和热情却正是伟大漫步者的标志。

即便我们不悲伤，我们也总是忧虑重重、行色匆匆、患得患失，把当下作为获得未来回报的抵押。即便我们外出漫步，也总是带着一成不变的趣味，一成不变的目的，就像医生开出的药方一样没有变化；我们越是感到疲惫，就越是笃信药物的效力。

春光明媚时，漫步于山巅，无比快活；冬日里，随性而走，漫步于不同空间，所到之处，脚底总会擦出火花，空气的味道焕然一新，回味无穷；我们沿路而走，采撷力量与欢乐；在路边，在田间，在林中，眼前的景物赏心悦目，比图画还要美丽，或者说，比世界上所有艺术都要美丽。那十英里或者十二英里的快跑，只不过是肉体力量和趣味的流溢。而对于以上种种愉悦和开阔大路上的乐趣，我得说，我们大多数人所知甚少。

我惊讶地发现，在我们时髦的水疗场中，没有人散步行走；在一群群追求养生和热爱乡间空气的人中，你从来看不到一个在田间或林中散步，或者沿着乡间的小路踽踽而行，鞋底沾满尘土，脸和手晒得黝黑。他们唯一的乐趣似乎就是吃穿，就是闲坐在酒店里凝视彼此。男人们看上去百无聊赖，女人们看上去疲惫不堪，所有人似乎都在唉声叹气:“啊！上天啊！我们怎样才能幸福，怎样才能不这么庸俗？”大洋对岸，我们的英国兄弟和我们有所不同，他们有无穷的欢乐与愉悦，绝大部分时间都泡在露天水疗场中，或散步，或野餐，或划舟，或登山，或健步行走，似乎很少担心太阳的暴晒或者损坏他们“优雅绅士”的名声。

英国人散步的优雅和快乐的确令人惊讶。对一个美国人来说，这景象简直让他痴迷。我猜测，狄更斯来美国时，希望能有幸和他一起散步的人应该不多。在一个美国游客的英国游记中，我读到这样的句子:“和独立党首相早餐之后，他陪我们一起走了六英里，一直出了城，送我们来到大路。还有三个男孩和女孩，最小的只有六岁，也一起陪着我们。他们一路欢跳奔跑，在早晨这段时间里一定走了有十五英里；但是他们却不以为然，而当我们分手时，他们精神抖擞得像刚出发时那样，而且十分不舍得就此打道回府。”

我还担心的是，美国人越来越丧失了凡人必会的行走能力，因为他们的脚正逐渐萎缩。他们珍视这个身体部位并精心护理，显然是觉得，品味和教养可以从双脚不断减小的尺寸中推知。一只小巧、修剪齐整，穿着靴子，绑着护腿的脚，是国家的骄傲。我们盯着外国人的大脚，心中纳闷，在那些国家，皮革价值几何？贵族的血统何在？庶民似的大脚竟如此之多！如果我们有幸成为女王或国王陛下的鞋匠，毫无疑问，我们就会改变刚才那个观点，因为真正伟大和高贵的品质，从不因一只大脚而受限；而小脚迄今为止从未撑起过伟大的品格。

维莱特

节选

夏洛特 · 勃朗特

1816—1855

夏洛特·勃朗特是小说家勃朗特三姐妹中的老大。她在约克郡农村的一所牧师住宅中长大，童年的大部分时间都在当地的荒野上玩耍。在她的小说《维莱特》(1853)中，叙述者露西·斯诺描述了她第一次在伦敦街头漫步时的一种强烈的释然。漫步在这座城市，给这位在旁人羽翼下长大的维多利亚时代的女性提供了一个机会，让她兴奋起来。

第六章

伦敦

第二天是三月一日，当我从睡梦中醒来，起身打开窗帘时，看到太阳已经升起，正在挣扎着穿过迷雾。在头顶，在屋顶上，几乎与云彩同高的地方，我看到一个巨大的深蓝色的东西，它庄重肃穆，晦暗不清——那就是教堂的圆顶。在我注视这圆顶的时候，内心的自我开始活动起来，灵魂抖动着被长久束缚的双翅，那锁链已经脱落了一半。我有一种突如其来的感觉，仿佛从未真正存在过，而此刻，我即将开始体会人生的滋味。这天早晨，我的灵魂就像约拿的蓖麻一样快速生长。

“我来这儿算是对了。”我一面自语，一面开始细致而迅速地更衣。“我喜欢伦敦这个伟大的城市，我能感觉到它就在我的四周。除了懦夫，谁还会在那偏僻的山庄里度过一生，让自己的才能在默默无闻中腐蚀锈烂？”

梳洗完毕后，我走下楼。旅途的劳累与疲乏已经烟消云散，我把自己打扮得干干净净，精神焕发。当侍者端着早餐走进来的时候，我努力让自己兴奋的心情平静下来，和他打了招呼，不过语气中还是那么兴高采烈。我们交谈了十分钟，在交谈的过程中，我们彼此变得十分熟悉。

他头发灰白，是个上了年纪的人，看来在这个地方已经生活了二十年。确定了这一点以后，我相信他一定记得我的两个叔叔查尔斯和威尔莫特，他们在十五年前经常到这里来。我向他提起他们的名字，而他竟记得一清二楚，心中充满敬意。明确了我们的关系之后，我在他心目中的地位便明朗起来，我们的关系也更加融洽。他说，我长得像我的叔叔查尔斯；我想他说的是对的，因为巴瑞特太太也常常这么说。他原先不太自然的怀疑态度被此刻的热情与礼貌所取代，因此对于涉及个人感觉的问题，我也就不再感到为难，不知道怎样做出礼貌的回答了。

我的小起居室窗户面对一条街道，这条街道虽然狭窄，但却十分安静，一点也不脏。街上的行人不多，就像在乡镇看到的一样。这个地方没有什么可怕的，因此我觉得，我应该独自出去走走。

吃完早饭后我出了门。我心中得意洋洋，充满快乐。

独自漫步于伦敦，就像经历一场探险。很快，我来到了派特诺斯特街——这是一个历史悠久的地方。我走进一家书店，是一个叫琼斯的人所开。我买了一本小书——这是一项我勉强才负担得起的奢侈；不过，我转念一想，我可以哪一天把这本书送给或寄给巴瑞特太太。琼斯先生是一个干瘪的商人，他站在办公桌后面；此刻的他就像一个伟人，而我则是世界上最幸福的人。

这个早晨的生活对我来说无比非凡。我来到圣保罗教堂前，走了进去。我拾级而上，来到教堂的圆顶，从那里俯瞰伦敦。伦敦的河流、桥梁和教堂一览无余。我看见了古老的威斯敏斯特大教堂，还看到了翠绿的坦普尔花园，阳光泼洒在花园上，头顶是一片早春的天空，蔚蓝而怡人，而在公园和蓝天之间，则弥漫着一层薄雾。

从教堂的圆顶下来后，我随性所致，漫无目的地往前走，心中依然充满自由的狂喜和快乐。不知不觉中，我已经来到城市生命的心脏。我终于可以看到并感受到伦敦了——来到斯特兰德大街，沿着康希尔大街前行，我同身旁经过的生命融为一体，穿行在马路上而不惧危险。这样做，尤其是完全孤身一人地这样做，给了我一种快乐，这种快乐或许不是理性的，却是真正的快乐。自从那几天以后，我先后看过了西区、一些公园和美丽的广场，但是我爱这城市的中心远远胜过其他地方。这里的生活似乎更加认真严肃，这里商务繁忙，车水马龙，人声鼎沸。一切事物、一切景象、一切声音都是严肃认真的。城市的生活如火如荼，而西区则只是在享受它的快乐。在西区你会感到愉悦，但是在城市里则会兴奋无比。

终于，我精疲力竭，饥肠辘辘（多少年来，我都没有过这种健康的饥饿感了）。大约下午两点的时候，我回到了我住的那个黑暗、老旧、僻静的旅馆。我吃了两盘菜，一盘是普通的排骨，另一盘是蔬菜。两盘菜都非常可口，比起马池蒙小姐的厨师做的精致小巧的烩菜，可要好上不少。马池蒙小姐的厨师总是把菜端上楼来给我，还有我那已故的慈爱的女主人。我们两个一谈到他的菜就没有丝毫胃口。我感到有些疲倦，但这疲倦却是令人愉悦的感觉，我在三只拼接的椅子上躺了一小时（屋子里一张沙发也没有）。我沉沉睡去，而后又醒了过来，沉思了两个小时。

我此刻的心情和周围的所有环境，最适合做出新的、坚决而勇敢——或许不顾一切的——行动。我不会失去什么。过去的生命如此惨淡，让我有一种难以言表的厌恶，我不能走回头路。如果我现在不能实现我的宏伟计划，那么，除了我，还会有谁承受这后果呢？如果哪天我客死他——我本来是想说客死他乡的，但我没有家也就没有故乡了————如果我客死在远离英格兰的地方，那么谁会为我哭泣？

我或许要忍受百般痛苦。我已经习惯于忍受痛苦了——对我来说，死亡本身并没有那么恐怖，不像对那些娇生惯养的人来说阴森可怕。在此之前我就已经能冷静地看待死亡了。我已经一切就绪，准备好应对所有后果。一个计划在我的脑子中成形了。

看得见风景的房间

节选

E. M. 福斯特

1879—1970

爱德华·摩根·福斯特是英国小说家和散文家，曾 16 次获得诺贝尔文学奖提名。他的作品向人们提出了从众与社会约束的问题。在他的第三部小说《看得见风景的房间》（1908）中，不靠城市地图指南而漫步于街巷，象征着远离人人遵守的社会规范行为，踏上天性冲动的未知道路。露西·霍尼彻奇发现，自己不得不在没有城市地图指南的情况下穿行于佛罗伦萨的大街小巷，没有人告诉她该去哪里，该怎么想。独立探索佛罗伦萨是她学习自己做出选择的第一步，在小说的结尾，她也因此实现新生。

“降福于我们吧，降福于我们！拯救我们吧！我们迷路了。”

她们在去圣十字教堂的路上确实花了很长时间，因为那教堂的钟楼从旅馆的落地窗可以看得一清二楚。可是拉维希小姐说了，她对佛罗伦萨了若指掌，如此等等，因此，露西便一直毫无顾虑地跟着她走到了这里。

“迷路了！迷路了！我亲爱的露西小姐，在对政治发表长篇大论的时候，我们拐错弯了。那些可恶的保守派将会怎样嘲笑我们呀！我们该怎么办呢？两个女人孤零零地身处这个人生地不熟的地方。这就是我说的历险。”

露西提出应该向人问路，这不失为一种可行的办法，毕竟是她想去看看圣克罗彻。“哦，那是一个懦夫用的词汇！不，你可不要，不要去看你的旅游指南。把它给我；我不许你带这个。我们就这样随意走下去吧。”

于是，她们穿过灰褐色的街道随意而行，这些街道既不宽敞，也算不上美景，城市的东头到处都是这样的街道。露西很快便对路易莎夫人的不满失去了兴趣，反而自己感到不满起来。意大利突然出现在眼前，一时间令人心醉神迷。她站在圣母领报广场上，看着那些圣洁的赤陶婴儿雕塑，任何廉价的复制品都不会让人们失去对这雕塑的兴致。它们矗立在那里，身着人们捐赠的外衣，四肢熠熠生辉地伸展出来，雪白壮实的胳膊向圆形的天空张开。露西觉得，她从来没有看到过如此美丽的景象；可是拉维希小姐却不耐烦地尖叫一声，拖着她向前走去，说她们走偏了路，至少偏了一英里了。

肚子里的大陆式早餐恰巧——或者说不巧——发挥完作用的时候，两位小姐便在一家小店买了一些热栗子糊充饥，因为这栗子糊看上去很有当地特色。尝起来有点像外面的包装纸，又有点像头油，还有点根本说不出是什么的味道。然而它却给了她们力量，使她们能够继续漫步，走到另一个广场。这个广场很大，尘土飞扬，一片黑白色的建筑矗立在远处的另一边，外观丑得无出其右。拉维希小姐夸张地对着这片丑陋的景观说了些什么。这就是圣十字教堂。历险结束了。

“等一会儿，让那两个人过去，否则我还得和他们讲话。我最讨厌无聊的日常交往了。真是糟糕！他们也要进教堂里去。唉，那些在海外的英国人啊！”

“昨天晚上吃晚饭的时候，我们就坐在他们对面。他们把自己的房间让给了我们。真是好心人。”

“你瞧他们的身材！”拉维希小姐笑出声来。“他们就像两头母牛，在我的意大利周游。我这样说实在不像话，不过我真想在多佛让所有游客做一张试卷，凡是没法通过的都送回去。”

“那么你要考我们什么呢？”

拉维希小姐愉快地把手搭在露西的胳膊上，仿佛是在暗示，她无论如何都会得满分的。她们一路上兴致盎然，来到了大教堂的石阶前，正要进去时，拉维希小姐停住了脚步，尖叫了一声，突然向上张开双臂喊了起来：

“我那个本地通话匣子来了！我得和他讲几句话！”

一瞬间，她已跑到广场的另一侧，长款大衣外套在风中啪啪地拍动着她的身体，她的速度一直没有放缓，直到追上前面的一位满脸白胡须的老人，开玩笑地在他的臂上掐了一下。

露西等了将近十分钟。她开始有点厌倦了。周围的乞丐使她不安，灰尘吹进了她的眼睛。她想起来，一个年轻姑娘不应该在公共场所四处游逛，于是缓缓地走下石阶，来到广场上，想和拉维希小姐会合。可是这位小姐真的是满脑子新奇的主意！就在这个时候，拉维希小姐和她那本地通话匣子也走动了起来，两个人手舞足蹈地钻进旁边的一条小路消失了。

愤怒的眼泪充满露西的眼眶——部分是因为拉维希小姐抛弃了她，部分却是因为她把她的旅行指南带走了。她怎样才能找到回家的路呢？她怎样才能认清圣十字教堂周围的路呢？她在这里的第一天上午就这样毁了，而且她可能再也不来不了佛罗伦萨了。不过几分钟前，她还兴高采烈的，像一个有文化的女人一样谈天说地，甚至还有几分相信自己是个眼光独到的人。可是现在她一脸沮丧和委屈地走进教堂，甚至记不起这教堂是由方济各会还是多明我会教士所建。

当然，这座教堂一定很厉害。可是，它怎么这么像一座谷仓呢！实在太冷了！当然，教堂里面藏有乔托的壁画。细腻逼真得让她能让她体会到什么才是庄重的举止。

可是有谁来告诉她哪些壁画是乔托的作品呢？她目空一切地走动着，不愿对她还没搞清作者和年代的杰作表现出过多的热情。教堂中殿和十字形耳堂铺设了很多墓石，可是竟然没有一个人来告诉她哪一块才是到罗斯金先生最为推崇的那块美丽的墓石。

此时，意大利的魅惑力浸染了她，她不再想着去获取知识，而是高兴了起来。她左猜右猜，终于搞懂了那些意大利语告示——告示禁止人们把狗带入教堂，请求人们为了大众健康，出于对身处其中的神圣建筑的尊敬，不要随地吐痰。她观察着周围的游客：圣克罗彻太冷了，他们的鼻子通红，就像旅游指南的封面一样红。在这里，她亲眼目睹了三位天主教徒——两名男童和一名女童——的悲惨命运——他们先是用圣水将彼此淋湿开启他们的神圣之旅，在接受圣洗后，他们浑身湿漉漉，滴滴答答地走向马基雅维里雕塑。他们缓缓走着，走了好远终于走到了雕像前，用头部、手指、手绢触碰石像，然后缩回来，这样重复了一遍又一遍。这究竟是什么意思？而后，露西明白了，他们误以为马基雅维里是某位圣徒，不断地触摸他的圣像，希望能获得神赐的美德。可是惩罚接着降临了。年纪最小的男童在罗斯金先生推崇有加的那块墓石上绊了一跤，双脚夹在了一位平卧的主教雕像的脸上。露西虽然是一名新教教徒，但也立刻冲上前去。她晚了一步。那个幼童重重地摔倒在主教向上翘起的足趾上了。

“这可恶的主教！”老艾默森先生的声音喊叫道，他此刻也已经冲了过来。“活着的时候硬邦邦，死了以后也硬邦邦的。孩子，到外边的阳光下去吧，把吻手礼献给太阳吧，那里才是你该去的地方。这主教真不能让人容忍！”

听到这话，看着那些扶他起来、为他掸去灰尘、抚摸着他的伤处叫他不要迷信的可怕的人们，幼童疯狂地叫喊起来。

“你看看他！”艾默森先生对露西说。“真是一团糟！一个摔痛的孩子，浑身冰冷，还吓得不轻！话说回来，你还能指望教堂里有什么呢？”

那男孩的两条腿像熔化了的蜡，老艾默森先生和露西每次把他扶起来，他都会大声喊叫，又跌倒在地上。幸亏有一位意大利女士前来帮忙，她本应当在做自己的祷告的。凭着母亲们所特有的某种神秘本领，她让小男孩的脊骨挺了起来，并使他的双膝有了力量。他站了起来，惊魂未定地咕噜着什么走开了。

“你真是一位聪明的女人，”艾默森先生说，“您所做的超越了世界上所有的文物的价值。我和你的信仰不一样，不过我真心相信那些让同类快乐的人。宇宙间并没有什么既定的安排——”

他顿住了，想找一个合适的词汇。

“Niente.”意大利女士说完，就回去做祈祷了。

“我觉得她可能听不懂英语，”露西说。

她的心灵得到了净化，不再蔑视艾默森一家了。她决心要对他们宽容些，和悦些，而不要过于挑剔，而且如果可能的话，还要适时地向巴特利特小姐提一提那两间舒适的房间，这样巴特利特小姐也不需要那么客气了。

“那位女士什么都听得懂，”艾默森先生回答道。“不过你在这里干什么？你是来参观教堂吗？你参观完了吗？”

“没有，”露西嚷道，她想起了自己的委屈。“我和拉维希小姐一起到这里来，她说要给我讲解一切的；可是刚到大门口——真糟糕！——她就这样跑开了，我等了好一会，只能自己进来了。”

“为什么不能呢？”艾默森先生说。

“对啊，你为什么不能自己进来呢？”艾默森先生的儿子说，这是他第一次对这位年轻小姐说话。

“可拉维希小姐把旅游指南带走了。”

“旅游指南？”艾默森先生说。“我很高兴你在意的是那本书。丢了旅游指南，那的确心里放不下。那可真是放不下。”

露西感到迷惑。她又一次意识到她的脑子里正在孕育着某种新想法，但是她不知道这想法将把她引向何处。

“要是你没有旅游指南，”做儿子的说，“那就和我们一起走吧。”

难道这新的想法就是要把她引导到这里吗？在自尊心的驱使下，她推脱了。

“非常感谢，不过我可没有这样想。我希望你们不会以为我过来就是为了加入你们。我过来只是为了帮助那个孩子，还有，谢谢你们昨天晚上把你们的房间让给我们。我希望没有给你们带来很大麻烦。”

“亲爱的，”老人温和地说，“我觉得你是在重复你听到的老人的话。你在假装被冒犯了，实际上并非如此。别这么累人了，告诉我你想看教堂哪个部分。带你参观，我很乐意。”

徒步旅行

节选

罗伯特 · 路易斯 · 史蒂文森

1850—1894

罗伯特·路易斯·史蒂文森，苏格兰作家，以小说《金银岛》（1883）和《化身博士》（1886）而闻名。史蒂文森的文学生涯始于旅行。他在《内陆航行》（1878）和《在塞文携驴旅行》（1879）中记述了自己的真实旅行。以下段落节选自他的文章《徒步旅行》（1876）。这篇文章的灵感来自威廉·哈兹利特的文章《旅行》。史蒂文森在他的文章里详细描述了独自旅行的简单宁静和乐趣。

我们绝不能像有些人那样，把徒步旅行仅仅视为游览乡村风景的一种简单方式，认为它或许效果更佳，也或许差强人意。其实，观赏风景的方式有很多，也都同样能有良好的效果；从火车上观景，尤为生动，只是会有一些人不懂装懂，夸夸其谈。然而，徒步旅行观赏美景却是大有裨益的。

看重兄弟情谊的人，长途跋涉并非为了将美景收于眼底，而是为了收获某种喜悦的心境，收获希望和精神——他早上带着这种精神出行，晚上则在平静中志得意满地归来。他说不清是挎上背包还是卸下背包更令他快乐。起程的兴奋让他盼望到达终点的激动。无论做什么，他得到的不仅是简单的回报，而是未来更多的奖赏。快乐总是带来更多的快乐，绵绵不绝。正是这一点，很少有人能够明白。他们要么总是懒卧家中，要么总是以一小时五英里的速度飞奔。他们不懂得中庸之道，而是整日为夜晚做准备，或者整夜为翌日做准备。然而，正是这徒步的乐趣，那些匆匆赶路的人不能领略。这种人，自己端着棕色的酒罐豪饮，见到别人用细杯慢品，便心生反感。他不会相信，小口杯酌方能品出酒的细腻；也不会相信，浮光掠影的长途步行只会让自己麻木、冷酷，晚上回到客栈，他的五官无比愚钝，仿佛覆盖上了一层冰霜，而他的灵魂中只有黢黑的夜空，不见一点星光。他看不到悠闲的漫步者眼中那温柔而璀璨的夜空。人的品质在他身上已经所剩无几，他只需要满足自己的身体需求，喝上两杯睡前酒倒床就去。如果他是个吸烟的人，就连他的烟斗也会索然无味，失去诱惑力。在追求幸福的途中，这样的人注定要事倍功半，最终与幸福错过。总之，他就是谚语中所说的，走得越远，过得越差。

所以，要尽情享受旅行，就要孤身一人徒步出游。如果你结伴而行，或者成双成对，那就不再是徒步旅行，只是徒有虚名罢了，这种旅行更像是一次野炊。徒步旅行只需孤身一人，因为它的本质是自由，因为你可以随走随停，随心所欲地选择这条道路或者那条道路，还因为你必须掌握自己的步调，不必与健走者齐头并肩，紧紧相随，也不必故意蜗行牛步，和一个女孩并排而行。此外，你必须敞开心扉，接纳这万象世界，让你的见闻来丰富你思想的色彩。你要做一支风笛，让所有的风成为它的乐手。哈兹里特曾说:“我不能体会且行且聊的妙趣。当我身处乡间，我愿意像一颗植物一样在乡间生长。”这便是他要告诉我们的要旨。在你的左右，不应当有叽喳的聒噪打破晨思的寂静。一个人只要左思右想，就不会拥抱这微醺的感觉，那种微醺，来自户外的运动，起始于头脑的眩晕和倦意，最终达到一种常人不可理解的平和境界。

任何形式的出游，头一两天总会有些酸楚的时刻。当旅行者对他的背包感到心灰意冷，甚至想要把它抛出篱笆之外时，就会像处在这种情况下的基督徒一样，“跳三跳，继续唱”。然而，旅行很快变得轻松惬意起来，散发出一种磁力，漫游的灵魂开始进驻它的身体。背包的背带一系好，你残留的睡意顷刻间消失殆尽，你肩膀一抖，精神振作，大跨步开始新的旅行。此刻的你兴致勃勃，而上路的感觉，则无疑是最惬意的了。

大路之歌

节选

沃尔特 · 惠特曼

1819—1892

沃尔特 · 惠特曼是美国诗人和散文家。他发表于 1855 年的诗集《草叶集》被认为是美国文学史上一部开创性的作品，尽管他对肉体感官的公开描述以及文体上的创新在当时引起了极大的争议和困惑。他受超验主义哲学的重要影响，创作了许多颂扬人类与自然密切联系的诗歌。因此，他会创作一首像《大路之歌》（1856）这样的诗，描述叙述者徒步穿越城镇和乡村时的狂喜，这毫不奇怪。

一

我迈开双脚，心情舒畅地踏上开阔的大道，
我健康、我自由，世界就在我眼前舒展，
棕褐色的道路在我的指引下漫漫延伸。

从此我不再祈求幸福，因为我自己便是幸福，
从此我不再低泣，不再踌躇，不再有什么要求，
我不再听家中的怨尤，我告别图书馆，忘却牢骚满腹的指责，
我无比强大，无比满足，踏上这开阔的大路。
拥有地球，我便已足够，
纵使有满天星辰，我也不需要它们在身边停留。
我知道它们在此刻的位置上就已经很好，
我知道谁属于它们谁就幸福知足。

（然而此刻，我依然背负着往日那些美丽的包袱，
我背负着那些男人和女人，无论走到哪里，就把他们

载到哪里，

我发誓，将他们抛弃，绝无可能，

我的一切由他们组成，他们的一切也由我组成。）

四

地球恣意地扩张，一会儿向右，一会儿向左，

生动的画卷，每一个部位明暗相宜，

音乐声欲响则响，欲止则止，

公众的路上响起欢快的声音，那是大路欢快清新的心声。

哦，我行走的大路啊！是你对我说“不要离开我”？

是你对我说“不要去冒险——离开了我，你就会迷失方向”？

是你对我说“我已做好准备，行人已在我身上磨出信任的道路，紧跟着我吧”？

哦，公众的大路啊，我要向你回答：我不惧怕离开

你，然而我爱着你，

我表达你，哪如你表达我那么流畅自然，

你对我的意义，超过我的诗歌。

我想，英雄伟业的构想都诞生于光天化日之下，

正如所有自由的诗歌，

我想，我可以在此驻足，创造奇迹，

我想，无论途中遇到什么，都必将是我所爱，

无论谁看到我的身影，我也必将是他们所爱。

我想，无论我看到谁，谁都会快乐。

五

从这一刻起，我不再受任何限制，不再被想象的界线束缚，

我随心所欲选择方向，我是自己完全、绝对的主人，

我倾听他人，思忖他们的意见，

我驻足，寻找，接受，思考，

一切是那么轻柔，却带有不可否认的意志，我解开了一切要束缚我的束缚

我大口地呼吸空间的风，
我拥有东西，我拥有南北。

与心目中的我相比，我还要高大，还要优秀，
我竟然不知我有这么多的美德。

一切对我来说都是那么美丽，
我可以对男男女女反复说你们使我受益，
我也要使你们受益，
我要一路走着，一路为你我吸收力量，
我要一路走着，一路把自己分散到男人和女人中间，
我要把每一份喜悦，每一份狂野抛到他们中间，
谁排斥我，我都不会在意，
谁接受我，谁就会接受我的祝福，也会给我祝福。

六

假如，此刻将有一千个完美的男人出现，我也不会惊诧，

假如，此刻将有一千个美丽的女人出现，我也不会惊讶，

现在我已经通晓了造就完美人类的奥秘，

那就是，在开阔的大地上生长，与大地一起饮食、睡眠。

这里有创造个人的伟大业绩的空间，
（这一伟业牵动所有人类的心灵，
它播散的力量和意志将摧毁一切敌对的法律，
藐视一切敌对的权威和敌对的言论。）

这里是检验智慧的地方，
智慧并非在学校得到最终的检验，
智慧不可能从智慧的人传到没有它的人手中，

智慧属于灵魂，不需要证明，
它是自己的证明。
它适用于所有阶段，所有目标，所有品质，它永远满足，
它代表现实的确凿、万物的永恒和优秀；
万物浮动的表象中有一种东西，能将它从灵魂中激发出来。

现在，我重新检验各种哲学和宗教，
它们在课堂上无懈可击，但在这辽阔的云彩下面，
在沿途的风景之中，在激荡的水流中，
它们不堪一击。
这里是兑现一切的地方，
在这里，一个人兑现自己——他在这里将懂得
他的内里是什么东西，
过去、未来、尊严和爱情——如果它们里面
不曾有你，你内里也不曾有它们。

一切事物，只有内核才具有养分；
为你我剥去外皮的那个人你可知在何方？
为你识破阴谋、突破包围的那个人你可知在何方？

这里有情谊的缠绵，它以前不曾存在，现在却正合时宜；
你是否知道是什么让你被陌生人所爱？
你是否知道那些转动的眼珠说的是什么话？

七

这里便是灵魂流露的地方，
灵魂的流露来自内心深处，通过树荫隐蔽下的大门，
不断地提出质疑的问题，
为什么有不尽的渴望，为什么在黑暗中不断思考？
为什么这些男人和女人只要他们
靠近我，阳光就会充满我的血液？
为什么当他们离开我，我快乐的旗帜便偃伏不起？

为什么有些树木，当我站在它们下面就会有
开阔美妙的思想降落到我身上？
（我想，那些思想不论冬夏挂在树上，一等我经过总会落下；）
是什么让我与陌生人突然交流，倾盖如故？
是什么让我与赶车夫并肩而坐，一起前行？
是什么让我经过在海滩上拉网的渔夫驻足交谈？
是什么让我自由地接受女人和男人的善意？是什么
让他们自由地接受我的善意？

八

灵魂的流露便是幸福，这里便是幸福所在，
我想，幸福弥漫在开阔的空气中，从亘古到未来，永远等待，
现在，它正流向我们，让我们溢满它的实在。
那流动的、附着的性格在此淌出，
那流动的、附着的性格，就是男人和女人的清新与

甜蜜，

（清晨的芳草，每日从根部吐出清新、甜蜜的嫩芽，哪如这流动的性格不断喷涌，永不停歇？）

无论老幼，爱的汗水从身上渗出，流向那流动的附着性格，

这汗水过滤出无限的魅力，它嘲笑美貌与成就，

肌肤相亲的渴望在痛苦中颤抖着，迎着它急切喘息。

十三

一起走吧！走向那无终无极的地方，正如它无根无源，

去体验那万般经历，白日里流浪，黑夜里安歇，

将一切融汇在他们要走的路中，以及他们将要度过的日日夜夜，

还要将他们融汇会在即将开启的崇高旅程中，

无论身处何方，只要可以到达，可以经过，那便是你

看到的一切，

而不要再注视其他，

不要再关注时间，无论它有多么遥远，除非你可以到达，可以经过，

不要在其他的路上前后瞻顾，只注意那条为你伸展，为你等待的路，

不管这路有多漫长，它一直为你延伸，为你等待，

不要在意什么存在，无论上帝还是其他，只关注你走向的前方，

不要在意一切与你无关的财富，你能拥有的便是你的财富，

你的收获轻而易举，无需代价，你便可以尽情享受，

分解那美味佳肴，却不是分解它的细小的微粒，

去享受农夫最好的农田，享受富人华丽的别墅，享受美满夫妻的纯洁祝愿，

享受果园中的果实与花园里的花朵，

从你穿行的拥挤的城市中尽情取你所需，

从此带上那些建筑与街道一起浪迹天涯，

从每一个相逢的人脑中收获他们的思想，
从每一个相逢的人心中收获他们的爱，
带着你的爱人一起上路，尽管你把他们留在了身后，
要认识宇宙本身就是条大路，是无数的路，
是无数旅行的灵魂的路。

为了灵魂的前进，一切都要让路，
一切宗教、一切有形的事物、所有的艺术、政府——一切
曾经或正在出现在这个星球上的东西，当灵魂的队伍
从宇宙的庄严大道上经过，都要退避到偏僻的边隅和角落。
男男女女的灵魂沿着宇宙的庄严大道前进，一切前进的其他队伍
是这灵魂之伍所需要的旗号与补给。

永远生机勃勃，永远前进不止，
庄严、肃穆、忧伤、退缩、困惑、疯癫、骚乱、软

弱、不满，

绝望、自负、钟情、病痛，为人们所接受，为人们所排斥，

它们在前进！它们在前进！我知道它们在前进！但是我却不知道它们前往何方。

但是我知道它们正走向最美好的地方——走向伟大的地方。

无论你是谁，走到前面吧！不管你是男是女，

都走到前面来吧！

不要在家中沉睡，不要在家中虚掷光阴，

尽管那房子是你所建，尽管那房子为你所建。

从那漆黑的藏身之所出来吧！从那挡风遮雨的屏风后出来吧！

抗拒有什么用？我懂得一切，也要揭穿一切。

我早已把你看穿，你和那泯然大众一样庸俗不堪，

我揭穿了众人的大笑、歌舞、宴乐，
深入到那浓妆素裹、金钗玉佩之中，深入到那玉面净颊之下，
我看到一个沉默不语的秘密，充满怨恨和绝望。

没有丈夫、妻子可以倾心，给他们诉说内心的彷徨，
另一个自我，每个人的副本，一直在躲躲藏藏，他
无影无形，悄无声息地穿过城市的大街小巷，他们
彬彬有礼，温文尔雅，来到会客厅里，
坐进车厢，踏上汽轮，混进公共集会的人群，
进入男人和女人的家中，坐在桌旁，躺在卧室，无所不在，
他们穿戴考究，面带微笑，身姿挺拔，胸骨下却藏着死亡，
头颅里掩着地狱，
他们穿着细纺呢绒衣和手套，站在缎带和假花下面，
一切循规蹈矩，一个字也不会谈及自己，
他们谈天说地，却从来不谈自己。

十五

一起走吧，路就在我们前方！

放心落脚——我已经亲自踩过，我自己的双脚已亲自踩过——不要耽搁！

桌案上的纸就让它空着，书架上的书就让它合着！

让工具就留在工作间里吧，不要去挣什么钱！

就让学校兀自独立吧，不要去在意教师的呼喊！

让牧师在讲坛上布道吧！让律师在法庭上辩护，让法官对法律进行诠释吧。

同伴们，抓住我伸给你的手吧！

我给你我的爱，它比金钱还珍贵，

给你我的自我，它比布道和法律还重要，

要不要也把你的所有给我？要不要和我一道旅行？

要不要在我们有生之年永远相伴？

论旅行

节选

威廉·哈兹利特

1778—1830

威廉·哈兹利特是一位文学评论家和散文家。他认识许多浪漫主义诗人，并撰写了关于浪漫主义诗歌的著述，至今仍为人们所铭记。在《旅行》（1821）中，他描写了在没有任何人陪伴下独自漫步的乐趣。这篇文章后来启发了罗伯特·路易斯·史蒂文森，史蒂文森在自己的文章《徒步旅行》中对独自漫步做出了直接回应，把哈兹利特的文章描述为："如此美妙，应该对所有没有读过它的人征税"。这篇文章让我们认识到独处的益处。

世上的一大快事就是旅行，然而我喜欢独自旅行。我喜欢屋子里有人陪伴，但在室外，自然就是我最好的伴侣。每当此时，尽管孤身一人，我从未感到孤独。

“田野是他的书房，自然是他的书籍。”

我真看不出，人们边走边谈有什么智慧可言。身处乡间时，我希望像乡间的植物一样生长。有人责怪乡下篱笆成排，黑牛遍地，我不赞同。我离开城市，就是为了忘记城市，忘记城市里所有的一切。有的人，为了达到这一目的，来到温泉疗养地，随身还带着他们的都市。我喜欢人与人的时间有更大的距离，我喜欢少一些不必要的累赘。当我把身心交给孤独时，我就喜欢这份独处的孤独，为孤独而孤独，而不会希冀

“在隐居之地，
与友人窃语，
孤独的甜蜜。”

旅行的灵魂是自由，那是完全的自由，是一种随心所欲去思考和感受的自由。踏上旅程的主要原因，是为了远离一切羁绊，摆脱所有不便；是为了将我们自己撇在身后，更是为了摆脱他人。我踏上旅程，是因为我需要一点呼吸的空间，好让我以不同的方式思索，在这沉思中

“整饬她的羽毛，让双翅重新生长，
只因它飞过无数胜地，来去匆忙，
未免使羽翅七零八乱，屡屡受伤。”

我暂别城市，独身一人，却不会感到茫然。我不需要坐着邮车或轻便马车，与朋友互通喜讯，翻来覆去地谈论陈旧的话题，我只需要一次机会让一切杂念消停下来。给我头顶清爽的蓝天，给我脚底翠绿的草地，给我面前蜿蜒的道路，给我为赶赴宴席——而后赶赴思想——所需的三个小时征程。孤独地走在这荒草满径的路上，不纵情欢乐那是很难的。我欢笑，我奔跑，我雀跃，我欢唱。天边层云滚滚，我纵身跃进我的过去，在那里自在徜徉，如同那

晒得黝黑的印第安人一头扎入浪中，随浪花漂回出生时的海滩。然后那些久已忘怀的事情，像“沉入海底的残骸和无数珍宝”，在我急切的目光中涌现，我开始感觉，思考，并再次成为自己。我的沉默不是那种尴尬的沉默，不时被刻意的机巧或无趣的套话所打断，我的沉默是不受搅扰的心灵的寂静，那寂静本身是最完美的雄辩之才。没有人比我更喜欢双关、押韵、对偶、论辩和分析；但是有的时候，我宁愿没有这些修辞手段。“不要，哦，不要打扰我，让我宁静地独处吧！”此刻我正忙着别的事情，你却以为我无所事事，而这于我，却是“地道的良知”。这朵野外的玫瑰，没有人品头论足，不也是芬芳馥郁吗？这支翠绿的雏菊不也让我怦然心动吗？假如要我向你解释我何以如此珍视这种安静，你一定会一笑了之。难道我不应该将这份安静独自珍藏——从现在身处的地方，到远处的巉岩，再到遥远的地平线——借助它的力量沉思默想？我一路上只会是个糟糕的旅伴，因此我喜欢独自旅行。我曾听人说过，心血来潮的时候，你不妨闲庭信步或策马而行，沉浸在各种幻想之中。但这样做起来似乎有失礼貌，忽略了其他人，因此总想着你应该回到你的伴侣身旁。“不要这样的虚情假意！”我会说。我喜欢要么完全我行我素，要么听从人家的安排；要么交谈，要么沉默，要么散步，要么静坐，要么与人交往，要么孤独一人。科贝特先生说过一句话，我很欣赏。“他认为法国人有个坏习惯，就是以肉下酒，而英国人应该一个时间只做一件事。”所以，我无法做到边说话边思考，或者沉溺于忧郁的思绪里，还要时不时兴高采烈地和人说上几句话。“我要有一个伴侣，让他顺着我的性子，”斯泰恩说，“哪怕只是和他说说太阳西下，影子怎样拉长。”这句话说的很美，但是在我看来，这样不停地交换意见，干扰了心灵自动吸纳事物印象的过程，并且破坏了情绪。假如你用一种哑剧的方式暗示自己的感受，那将会无比枯燥；假如你不得不解释一番，那就把享乐变成了苦差。在阅读自然这本书的时候，你还要不厌其烦，不断地把它翻译给其他人，这一点你无法做到。对于旅行，我赞成综合法而不是分析法。我愿意在脑子里存储一大堆想法之后，再仔细体味和分析。我想看着我朦胧的思想像蓟草的绒毛一样在微风中飘舞，而不要让它们纠缠在矛盾冲突的蒺藜和荆棘中。哪怕就只这一次，我也要随心所欲；然而，除非你独身一人，或者和我一样并不奢求这样的伴侣，否则将不可能做到。我并不是反对你和一个人不紧不慢地漫步二十英里，边走边讨论某个话题，然而这样做并非为了寻求乐趣。即便你穿过马路时闻到了豆田的香气，或许你的旅伴没有闻到。即使你指着远处的某个物体让旅伴看，或许他却是个近视眼，不得不掏出他的眼镜。空气中蕴含着感情，云彩的颜色中有某种色调，这些都会让你浮想联翩，然而，它们对你的影响你却无法解释。因而你们无法得到共鸣，却焦急地渴望得到它，一路上这种不满就会紧紧跟随你，最终可能还让你感到不快。因此，我从不和自己争吵，而是把自己所有的结论当作是理所当然，直到有人反对，我才觉得有必要为之辩护。这并不仅仅是说，途中呈现在你眼前的事物或情境并非总是符合你的心境——它们会让你回想起许多事物，从而产生微妙而细腻的联想，却无法向他人传达。然而，我乐意把它们珍藏于心间，有的时候，当我远离人群时，我还会深情地拥抱它们。在旁人面前宣泄情感似乎是一种奢修或做作；另一方面，要随时随地揭示我们的存在之奥秘，并让人们同样对它发生兴趣（否则就无法达到目标），却很少有人能够胜任这一任务。我们必须“心领神会而无需溢于言表”。

奥罗拉·利

节选

伊丽莎白·巴雷特·布朗宁

1806—1861

伊丽莎白·巴雷特·布朗宁因其诗歌及她对人权与妇女进步的激进观点而受到当时读者的欢迎。她最著名的作品是诗体小说《奥罗拉·利》，这部小说描述了一位年轻女性在一个性别歧视的社会中为实现自己的艺术抱负而进行的斗争。下面的节选完美地捕捉了这位年轻的主人公在利霍尔花园漫步时的愉悦感。在家教严格的童年生活中，户外是奥罗拉唯一能真正像孩子一样天真地玩耍的地方。

那一天，我很快活；

六月就在我身，还有成群的夜莺

在黑暗中引吭高歌，

花萼分离的地方玫瑰花苞染成红色。

我感到如此年轻，如此强壮，

感到如此实在的上帝！

我如此快乐，头脑无比清醒！

二十岁的我，要把童年倒回，

以幼稚的玩笑视角

再看一眼它的面庞，然后说声再见！

我心情舒畅，充满想象，在清晨

欢快地跳跃——我不愿等待太久时间

甚至等不及拿起帽子的绳带，

却用我的裙衣蘸着露水，

在草地上划出一道绿色的痕迹，

在灌木丛中的金合欢花丛中

任性地选择我的道路，

在开阔的天空下放飞我的想象，

庆祝我的生日，不让我的姨妈醒来
打断我美丽的梦。同时，我喃喃自语地前行，
就像沾满花蜜的蜜蜂嗡嗡地为自己鸣叫，
最伟大的诗人至今还未加冕，
死亡却已经漂白了他们的额头，渗入骨头之中
而死亡对我来说，只会在我这
巨大的困境前面惨败才会降临
我当然不容许自己那样失败。
假如我今日为自己加冕桂冠，
在嬉戏中体验那种并非高傲的感觉，
直到我的额头失去直觉，就如但丁的额头，
不再感到这些叶子轻柔的刺痛，会怎样？
那些叶子啊！是什么样的叶子？

我拉下树枝，从枝条上选择叶子。
不要月桂！我不要选择月桂，
（如果我们过于大胆，命运女神将不会眷顾）
也不要香桃木——那主要意味着爱，而爱

是如此庄严，在清晨这么早的时间，
没有人敢于碰它。这株马鞭草
将芳香的热情表现到了极致，就在我的身旁
这支绣球花，只要轻风微微一点头，
就会四下摇动她那些花果。
啊——这就是我的选择——墙头的那根常春藤，
那根径直垂下的常春藤！不生长一只叶子，
却一心想着编制花环。大片的叶子，嫩滑的叶子，
浅绿的叶面，锯齿就像我的葡萄藤。
我喜欢这样的常春藤，它敢于向高空跳跃
“它强壮地攀爬，同样在坟墓上生长
像酒神杖那样缠绕；它也是如此美丽，
当你把它缠绕在梳子上（并不糟糕）。”

我就这样自言自语，几乎要轻轻哼唱起来，
因为有些念头的形状就像喇叭
只要一碰就会发生声响，我编制出一个
湿漉漉的花环，那露珠从我额头划过，

将我的视线遮蔽，
我把它系在头的后面，转身看到
我的民众！——罗姆尼表哥——他大张着嘴，
比他的眼睛还要严肃。

这些花簇非常适于
沉思（当我们坚强的时候）
虽然，对美的爱让我们羞怯，
将我们从那些丑陋的城市景象前拉回
去数数斑驳的田野上那些雏菊
聆听在山间细语的溪流，
看它们安静、天真、懒散地安卧，
而我们依然带着如丝绸一样柔滑的哀愁
从我们身上抽出那令人眼花缭乱的世界
然后死在成人的蛹壳之中，
留下我们能留下的最好的东西，
蜕化成某种棕色的飞蛾。我会勇敢地迎面
对视最黝黑的面庞，
那是上帝的意愿造就的面庞。

孟加拉掠影

帕梯萨，1894 年 2 月 27 日

泰戈尔

1861—1941

拉宾德拉纳特·泰戈尔，有时也被称为“孟加拉诗人”，是一位作家、诗人、音乐家和梵社哲学家。作为印度加尔各答人，他在职业生涯中为孟加拉文学和音乐带来了创新。

1913 年，他成为第一位获得诺贝尔文学奖的亚洲人。在《孟加拉掠影》（1921）这部书信集中，他描述了一次乘坐游艇沿着帕德马河穿越孟加拉地区的旅行。在这篇选段中，他驻足反思自己远离城市的喧嚣，在乡间漫步时的短暂休憩。正是在这片荒野中，他终于感到真正的自由，远离了世间一切对自己的要求。

天空时而阴沉，时而放晴。突然吹来一阵微风，小船懒洋洋地嘎吱嘎吱响着，所有的缝隙都在低吟。白日就这样缓缓流逝。

现在已经一点多了。沉浸在正午的乡村景象中，听着那不同的声响——鸭子的嘎嘎声，过往船只搅动起漩涡发出的哗哗声，沐浴者洗衣时拍打的啪啪声，还有赶带着牛群渡过浅河牧人的吆喝——甚至很难想象加尔各答单调乏味的日常生活与那里的桌椅。

加尔各答庄重得就像一间政府办公室一样。那里每一天的来临，都像从造币厂压出的一个个硬币，轮廓分明，闪闪发光。啊！那些沉闷的、死气沉沉的日子，每一天的重量都完全一样，所以每一天都那么体面得令人肃然起敬！

在这里，我已经与圈子里的种种要求两讫，不会再觉得自己像一台上了发条的机器。每一天都属于我自己。带着闲暇和思绪，我漫步在田野上，不受空间或时间限制。夜色笼罩大地、天空和水面，逐渐加深，我低着头，继续漫步。

散步

托马斯 · 特拉赫恩

1636—1674

托马斯·特拉赫恩出生于英格兰赫里福德，是一位形而上学诗人、英国国教牧师和宗教作家。他的作品在20世纪初被重新发现之前，几乎无人知晓。他作品中的重要主题包括童年天真和快乐的丧失，以及我们如何培养通过自然世界与上帝沟通的能力。他经常被认为是浪漫主义的先驱，经常被与威廉·华兹华斯、威廉·布莱克和沃尔特·惠特曼相提并论。在下面的诗《漫步》中，特拉赫恩阐述了他最喜欢探讨的主题，鼓励读者带着意向行走，从而与自然世界和神灵交流。

漫步户外，靠的不是双眼，而是思想，
用思想观察田野，将一切珍藏；
不然，那沉默的双脚，下下上上
就像那滚动的圆木一样，
看不到快乐，看不到美好的景象，
也不会遇到任何炫目的荣光。

车轮滚滚，即便它不断变换地方，
却一无所见，任由那壮丽的景象
奇怪地消失在路旁：
不要看那僵死的牵线木偶，内心冰凉
虽然在明媚光辉的白日里跳踉，
却无法看到壮丽的上苍。

凡俗之人是否比自己的瞽目还要昏盲？
虽然拥有双眼，却从未能用自己的目光
去发现幸福，尽管幸福就在身旁。
他们就如同那些死气沉沉的雕像，

被人们运输到各个地方，
却什么也不会看见，什么也不会爱上。

漫步，就是要沿着思想游逛，
就是要在灵魂中来回飘荡，
就是要留意那美好的景象，
就是要将甜美的滋味一一品尝。
尽情观看途中所有的风光，
看万物有多么旖旎，多么理想！

要留意白日那美丽的面庞，
环顾四周，尽享玉米田地的金黄；
沉醉于每一朵美丽鲜花，
闻一闻它沁脾的芳香；
赞美这一切创造者的至高无上，
去领略他伟大的力量。

要像繁忙的蜜蜂在户外飞翔，

穿越一棵棵大树，一道道篱墙，
是为了采集那些凝结的露珠，
于每一片花瓣，每一个叶片之上，
正如它们使用双腿采蜜一样，
我们要把我的思想在那里存放。

看看那些富饶、光辉的景象，
河流、草地、森林、泉水是那么甜香，
还有那结出果实的太阳；
要从遥远的地方观赏
夜空里升起的闪闪星光，
那是它们为我们追逐的赛场。

一个在绿草落叶中翻滚的顽童，
也可以将这一切细细品赏，
他会比所有国王富强，
然而，还有一种景象，
只有完美的人才能领会，

那么，就让它带我到那个地方！

我们在那欢愉的道上交谈，
而那里才是我们漫步的方向；
因为我们会一步步前进
充满智慧地走向那个地方，
迎接甜蜜的爱和热情的赞扬，
——它们来自绿草和树木的目光。

苏格兰之旅回忆录

节选

多萝西·华兹华斯

1771—1855

多萝西·华兹华斯是一位诗人、博物学者和日记体作家，她的作品直到去世后才出版。她的一些日记记录了她在格拉斯米尔的鸽屋的日常生活，日记里经常写到她和哥哥威廉一起散步时的感想；其他日记则记录了具体的旅行，使我们得以深入了解浪漫主义运动中漫步和诗歌之间的重要联系。在以下摘录自《苏格兰之旅回忆录》(1803)的回忆录中，多萝西描述了一次在卡特琳湖边散步与当地妇女的温馨邂逅，她还记述了这一时刻如何启发哥哥的创作灵感，使他写下《向西行走》这首诗的经历。这首诗完美地描述了户外漫步的益处——它可以给我们带来灵感，并将超然注入日常生活。

今晚的漫步使我们无比愉悦，我们从未有过比这更快活的一天。和先前从卫戍军队驻地那里看到的景色不同，罗莽山和洛蒙湖的三座尖顶山在晴朗的天空下无比雄伟，湖面非常平静，空气甜蜜而又温煦。我觉得，去一个我们以前去过的地方，要比第一次去要有趣得多，除非是在特殊的情况下。太阳落山已经有一段时间了，在离船夫小屋不到四分之一英里的地方，我们沿着小路走到了平静的湖边，遇到了两个衣着整洁的女人。她们并没有戴帽子。这是个星期天的傍晚，她们可能正在散步。其中一个女人用友好而柔和的语气对我们说:“怎么！你们要往西走？”在那个遥远的地方，听到这种淳朴的表达，那是多么感人，我没法用语言描述。西边的天空就在前面，太阳已经离去，天空却还熠熠生辉。很久以后，威廉写了下面这首诗，这是对他和我此刻感情的怀念:

“怎么，你们要往西走？”没错。
我们身处异乡，远离家园，
若是只做这里的匆匆过客，
那才是命运中的最大遗憾。

谁会停步？谁会害怕向前？
即便没有避风挡雨的屋檐，
也要跟随上苍，一直向前。

沾满露水的土地寒冷黑暗，
且看那重重迷雾的下面，
只要我一路西行，便可找见
命运的归处，一如天庭美满。
我喜欢那一声招呼，它领我
踏上远方的道路，漫漫无边；
它给予我最高的精神权限
穿过这光明之地，走向永远。

一位姑娘走在她生长的湖边，
那声音那么柔和，情长意绵；
一声礼貌的问候，令我感动，
声音中充满力量，礼度翩翩
我感受到它那巨大的威力

当我抬头，注视燃烧的云天，
那声回音就萦绕在我的耳畔，
它映衬着人性的温柔与甘甜，
让我一心要穿过前面的世界，
跟着无垠的道路，远走天边。

回旋诗

杰西 · 雷德蒙 · 福塞特

1882—1961

杰西 · 雷德蒙 · 福塞特是小说家、诗人和散文家，也是民权组织 NAACP 杂志《危机》的文学编辑。作为编辑，她成为哈莱姆文艺复兴时期新兴声音的重要代言人。她的文学作品塑造了非裔美国文学，她的诗《回旋诗》首次发表于 1912 年的《危机》上，颂扬放弃脑力劳动，享受漫游户外世界的愉悦。

四月来到，草地开阔，
甜蜜的春季，让万物斑驳，
我合上每本书，放下每件活，
走过那溪流，再也不沉默，
漫步在乡间，我无比快活。

看，紫罗兰羞涩地停留，
知更鸟在这里隐藏求偶，
当四月到来，
我的感觉多么敏锐无俦。

听！那波光粼粼的河浪，
紧靠着远山缓缓流淌，
牧童的笛声，隐约悠扬，
那是神仙的管弦在奏响，
当四月到来的时候，
焕发了一切声响和景象。

乌多尔福之谜

节选

安 · 拉德克利夫

1764—1823

安·拉德克里夫是一位英国小说家，哥特文学体裁的先驱。在她那个时代，她广受批评界和大众的欢迎。作家对超自然的事物给出理性的解释，这使她名声大震。在《乌多尔福之谜》（1794）中，艾米丽·圣奥伯特与众多谜团不期而遇，下面的选段是她碰到的第一起奇怪的事件——一首未署名的爱情诗。在这个选段中，散步是艾米丽从生活中抽离，回到伊甸园般幸福中的一种方式，这是她每天冒险的方式。然而，当艾米丽穿过比利牛斯山脉，到达地中海时，她懂得了探险也存在潜在风险——步行者很容易无意中进入恐怖甚至超自然的地方。

在大自然中漫步是艾米丽自小就有的乐趣之一。她喜欢的并不是那柔和而明亮的景色，而是山脚下绕山而行的野林步道；而更让她喜欢的是，这座山的深邃幽静。在那里，孤独的寂静和壮丽让她的心灵生出神圣的敬畏，使她想起了天地之神。在这样的景色中，她常常留连徘徊，沉浸在忧郁的、充满魅力的气氛中，直到最后一缕光芒从西方消失，直到羊群响起孤独的铃声，或听到远处传来看门狗的吠声，直到全部这在寂静的夜晚消失殆尽。然后，树林陷入幽暗，树叶在微风中时而颤动，蝙蝠在暮色中飞舞，村舍里的灯光时隐时现，正是这样的情景唤醒了她的思绪，使她的精神焕发，给她带来热情和诗意。

她最喜欢散步到一座属于圣奥伯特的小渔屋去，那间小屋位于一个林木葱郁的峡谷中，坐落在沿着比利牛斯山脉一路流淌而下的一条小溪边。溪水在岩石中泛起阵阵泡沫，然后静静地从树荫下蜿蜒而过，水面上倒映着片片树影。。在遮掩着这片峡谷的树林上方，矗立着比利牛斯山脉高耸的尖峰，常常在眼前突兀而起。在这里，有时只能看到岩石破碎的表面，上面覆盖着野生灌木，或者是一座坐落在悬崖上的牧羊人的小屋，被晦暗的柏树或飞舞的灰烬遮蔽起来。林间空地从树林的深处出现在眼前，开阔的空间一直延伸，融入远处的风景之中。在那里，加斯科尼肥沃的牧场和葡萄藤覆盖的山坡逐渐向平原倾斜；在那里，在加隆蜿蜒的海岸上，树林、村落和别墅的轮廓因距离而逐渐变得柔和，最终在视线中融化成一种丰富和谐的色调。

这也是圣奥伯特最喜欢的隐居地，他经常带着妻子、女儿和他的书到这里来躲避正午的燥热，或是在甜蜜的傍晚时分迎接寂静的日落，或聆听夜莺的歌唱。有时，他也会带来自己的音乐，用双簧管的温柔叙述唤醒每一个仙女的回声；艾米丽的声音常常给他带来海浪的甜蜜气息，让他们幸福地颤抖。

在到这个地方的一次远足中，她观察到在壁板的一部分用铅笔写下了以下几行诗句：

十四行诗

去吧，铅笔！要忠于你主人的伤叹！

去吧——告诉这仙境中的女神，
当她轻快的脚步在绿林中蜿蜒，
他所有眼泪和温柔的悲伤从此出现；

啊！描绘她的身姿与灵魂照亮的眼，
她那沉思的面庞、甜蜜的表情，
她那灿烂的微笑，活泼的身形——
情人的声音让她的肖像跃然于眼前；

说出内心一切感受，他嘴上这么说道，
可是！内心无法感受所有悲伤！
小花的如丝细叶总是频繁隐藏
那把生命的火花悄悄掐灭的毒株药！

谁还会凝视着那天使般的笑颜，
却会害怕它的魅力，害怕它的欺骗！

这些诗句并不是献给任何人的，因此艾米丽无法将这些色彩运用到自己身上。不过，她本人无疑就是这些色彩的女神。她环顾了一下四周认识的几个人，没有发现他们注意到她，也没有人对这诗是写给谁的起疑，于是，她便在这种忐忑中安静下来；然而，这种忐忑并没有让她不适，不像一个无所事事的人那样，会因此而倍感痛苦。她没有闲暇去容忍这样的情景从一开始时的微不足道逐渐膨胀，直到进入她的记忆，让她频频回忆。这首诗所激起的小小虚荣（因为存疑，所以她既不能肯定这首十四行诗的灵感来源于自己，也不能否定）已经消失殆尽，这件小小的插曲已经从在她的书中，从她的研究中，从她的社会慈善活动中，早已消得失无影无踪。

漂泊者

节选

弗朗西斯 · 伯尼

1752 — 1840

弗朗西斯·伯尼，亦称范尼·伯尼，是英国小说家、剧作家，她的小说《伊芙琳娜》（1778）被认为是“礼仪小说”发展史上的里程碑。她的最后一部小说《漂泊者》（1814）总共花了14年时间写成，小说探索了维多利亚时代女性追求经济或社会独立的艰辛。小说中神秘的流浪主人公试图在自足世界同时保持匿名的历程。她不断漂泊，这使得她保持独立，尽管她的这种生活方式常常遭到怀疑。

第七章

梅普尔夫人的房子就在路易斯镇的郊外。漂泊者到了那里才知道，布莱恩赫姆斯通还有八英里远。她热切地希望马上继续走下去；但是，寒冬腊月，天已经这么晚，夜幕似乎下午四点就已经开始降临，怎么可能继续徒步走下去呢？她的两个旅伴都把她撇在了院子里，她只好不请自来，跟着她们来到管家的公寓；正当她在向众人道歉，解释她为什么不得已打扰他们的时候，塞琳娜蹦蹦跳跳地走进房间。

陌生人在她极富活力的青春和爽朗的性情中看到了一些希望，便请求梅普尔太太允许她在家里待到第二天。塞琳娜兴高采烈地向梅普尔太太转达了来者的请求，一眨眼间就返了回来，吩咐管家在楼梯上的小房间里为她的同行者准备一张床。

漫游者对塞琳娜的帮助表示感激，这让这位年轻的主人感到非常高兴，便立刻陪她的客人去了那间冥冥中似乎必定要住进的小公寓，安排好了一切有关她食宿的事项。塞琳娜对她热情有加，晚上每隔半个小时就去看望她一次；期间把她年轻生命中的所有小经历都讲了一遍，还郑重地嘱咐客人一定要保密，最后还兴奋地悄悄暗示，她很快就会拥有一栋属于自己的房子了，她的梅普尔姨妈在这所房子里没有任何权力。“到那时，”她点点头补充道，“也许我就可以请你来看我了！”

之后再也没有其他人出现，陌生来客似乎可以安静地度过这一晚了，可是内心的不安让她担忧，第二天早上应该如何去布莱恩赫姆斯通，没有马车，没有朋友，没有钱，也不知道走哪条路才可以到那里。

第二天，迟到的阳光还未请她起床，她新交的年轻朋友便飘进了房间。“我昨晚彻夜未眠，”她喊道，“心里老想着我要演的那一出戏，我要穿一件非常漂亮的衣服表演；我们已经决定好，就在我们几个中间演出；我害怕你已经走了，所以我特意起床来告诉你这件事。”

然后，她把自己那一部分的台词逐字通读了一遍，至于其他角色的台词，一个字也没有去管。

不久之后，埃莉诺把她们俩请进客厅。埃莉诺和哈雷、艾尔顿正在准备梅普尔太太的早饭。“我亲爱的小姐，”她喊道，“今天怎么样？昨晚我们都全神贯注于一部喜剧，吵得天翻地覆，差点忘了你。”

“夫人，”陌生来客叹了口气回答说，“你能够想到我，我就应该非常惊喜，非常感激了。”

“怎么了，你现在怎么了？为什么这么严肃？你高贵的勇气被挫败了吗？你预测到了什么不好的事情？你有什么计划吗？”

“我发愁的是什么时候能到布莱赫姆斯通，夫人，还有我能看到谁或什么在那里等着我——”

此时，梅普尔太太出现了，她愤怒地质问是谁把来人请进客厅的。她吩咐几个仆人去传话，让来人立即到厨房去。

这位不知名的陌生人涨红了脸，不过，她只是淡淡地向梅普尔太太回了一礼，然后转向埃莉诺和塞丽娜，请她们接受她的谢意，感谢她们的善良，然后离开了客厅。

塞琳娜和埃莉诺跟着她走进前厅，问她打算怎么到那儿去。

她只有一个办法；她必须走到那里去。

“走过去？”哈雷和她们一起喊道，“在这样的季节？就这样的道路？”

“走过去？”艾尔顿也走上前来，喊道，“八英里的路？十二月的天气？”

“为什么不呢，先生们？”梅普尔太太喊道：“她这样的情况，如果不走着去，还能怎么去？？她长着两只脚是做什么用的？”

“你确定，”艾尔顿说，“你认得路吗？”

“我也是刚刚来到这个地方。”

“哈！哈！这下可好！那钱的事你该怎么办呢？你在多佛丢掉的钱包找回来了没？是在那儿丢的吧？”

“找不回来了！”

“这下可越来越好了！”艾尔顿喊道，又笑了起来，不过他摸了摸自己的钱包，然后朝大厅走去。

哈雷从视线中消失了。

“可怜的人！”塞琳娜说，“我肯定要帮她的。”

“我们来凑钱吧，”埃莉诺说着，从兜里拿出半个几尼来，环视了一圈把目光落在梅普尔太太身上。

塞琳娜也拿出了同样的数目，第一次和姐姐出得一样多，这令她兴高采烈。

梅普尔夫人大声命令她们关上客厅的门。

陌生来客带着羞耻和喜悦接受了这两个半几尼，并暗示她希望能很快偿还她们，再次表示感谢后，她离开了这里。

漫步在冬日的正午

节选

威廉·库珀

1731—1800

威廉·库珀是他那个时代最受欢迎的诗人之一，现在主要以他的赞美诗而闻名。他的诗歌在当时被认为独具匠心，生动地描绘了农村生活。漫步促进冥想，这是《漫步在冬日的正午》节选中的一个重要主题，摘自他的长诗《任务》（1785）。这首诗描述了沉浸在乡村风景和声音所激发的情感中是多么快乐，或者说，正如库珀的精辟总结，散步是“把有益的智慧，向你的头脑讲述，让你获取真知”的时候。

在他心情郁悒时，夜晚就是严冬，
早晨那么的清新，此刻却是正午，
在那倾欹的群山南侧，树林挡住
来自北方的冷风。寒冬微笑之处，
肆意发泄愤怒，发出五月的温度。
那蓝色的天穹上，没有云彩漂浮，
山下的景色壮丽明媚，洁白如玉，
天地间的和谐，又一次降临河谷，
透过大树缝隙，我看到层层尖塔，
从那里传来阵阵乐声。我能感知
那悠扬的曲调让我如此心旷意舒，
沉浸在这温柔的思绪之中，脚踩
橡树与榆树下面苍绿的漫步小路，
看树枝在林间将枝桠伸展到四处。
头顶的林冠，每一处都轻轻浮动，
在风中摇摆，看起来竟那么自足，
看它们静谧无声，伸出手来挡住
纷纷而落的雪片，为我辟开小路。

这里静阒无声，任凭你驰骋思绪。
红胸鸟儿依然啼啭，它心满意足，
压低它的嗓音，唱着甜美的音符。
他喜欢这样的孤独，看阳光飞速
从枝头再到枝头，在他驻足之处，
从根根短枝上，抖落悬挂的冰柱，
看冰凌在地上闪耀，被枯叶埋住。
在温柔的声音陪伴下，一切阒寂，
比寂静更具魅力。当你沉思此处，
体味时间的每一分钟，倾听心语，
把有益的智慧，向你的头脑讲述，
让你获取真知，何需那浩卷繁书！

***

这里无人搅扰，悠然自得的太阳，
穿过一切喜欢的景象，我在游浪，
没有迷雾，没有寒冷的天空阻挡
没有闷热，没有陌生人阻我乐享。

春日的黄昏，一年中的消遣时光
呼唤那慵懒的村民，到户外游逛。
带上她所有的小宝贝，队伍长长，
采集毛茛花，在金黄的草坪之上，
以雏菊花瓣装饰头发，或从溪旁
随意采一把无名小花，那么茁壮，
我一人独占这世界上所有的荫凉，
羞怯的野兔已熟悉了常客的面庞，
不再将我躲避，而欧鸽也不惊惶，
站在松枝之上，不停地咕咕歌唱，
它不因我接近而停下那爱的柔腔。
也不再于那片榆林中孤独地躲藏，
岁月与伤痕掏空榆树，无比沧桑，
羊毛与丛草，就是他歇息的睡床，
他睡过了冬日，小心地探索前方，
在这里欢跑，沐浴于温暖的阳光，
活蹦乱跳的松鼠，兴致如此高昂，
一见我便立即躲开，如鸟生翅膀，

跳上旁边的桦树，灌木簌簌作响，
它支起耳朵，跺着双脚在那树上，
大声斥责我的唐突，假扮的惊慌
如此美丽，再大的怒火也真无妨。

自然中的心是冷酷的心，不适宜
人类的陪伴，那心中没有了一丝
同情的痕迹，因此对爱情和友谊
早已死心，只要它们不喜欢目击
飞禽走兽乐享生命那种勃勃生机，
或让它们的欢喜，使自己更欢喜。
欢跃的小鹿，飞跑过林中的空地，
没有人跟随，它怀着满心的欢喜，
精神焕发，到处洋溢着欢乐气息；
马儿在草地上欢腾，任意地飞驰，
跳过宽阔的草坪，速度迅捷无比，
然后停下来喷鼻，高高抬起双蹄，
再一次随心所欲，开始四处奔驰；

正午时分的那头牛，欢快地嬉戏，
整个牛群看着头牛那恣意的舞姿，
在它的召唤下，翩翩起舞乐不疲，
它们狂野的想象，如此放荡不羁，
它们以共同的意志，在一起努力，
让它们的声音与行动，适心随意，
来实现，那无法压抑的内心狂喜——
所有这些，与无数幸福图像一起，
还有大自然赋予的一切优雅仁慈，
进入充满仁慈的那些人们的心底，
而没有人挫败自然那美好的用意，
他们祝愿，所有喜悦的人都欢喜，
祝愿他们永享快乐，这世上无敌，
因为那种快乐，理智给予它慰藉。

英格兰的来信

节选

罗伯特 · 骚塞

1774—1843

罗伯特 · 骚塞是 1813 年至 1843 年的英国桂冠诗人。他被认为是浪漫派的一员，也是鲜为人知的湖畔诗人之一。他也是一位文学家、散文家、传记作家和小说家。1807 年，他以虚构的西班牙游客唐 · 曼努埃尔 · 阿尔瓦雷斯 · 埃斯普里埃拉为笔名出版了一本书信体小说《英格兰的来信》。故事讲述了一段穿越英格兰的旅程，这段旅程成为骚塞通过所谓的“局外人视角”表达他对各种社会问题观点的见解。下面这段文字来自唐 · 阿尔瓦雷斯 · 埃斯普里埃拉在伦敦逗留期间，他描写了高峰时段散步于这座城市中的危险，向我们展示了完全不同于浪漫主义的漫步的景象。城市漫步者脑海里几乎没有为冥想预留任何空间，而是充满了令人兴奋的景象、声音和身影。

我们越靠近，人群就越庞大。看到这座巨大城市的所有居民在午夜走出户外，在成千上万蜡烛的灯光下清晰可见，这真是令人惊奇的景象。这景象在牛津街尤其引人注目，这条街道的长度接近半里格的距离——在目光可及的范围内，两条平行的光带向彼此靠近，越来越细。然而，在这里，我们仍然可以毫不费力地前行，马车也畅通无阻，辘辘地往前走。但在波特曼广场附近，情况就大不相同了。我以前从未见过这么多人聚集在一起。街中央挤满了马车，它们紧紧挤在一起，动弹不得，许多想穿过马路的人便无所畏惧地从马肚子底下钻过去，因为完全没有什么危险。坐在车里面那些不幸的人则没有这样的逃生途径，除非他们有本事从一辆马车的窗户爬进另一辆马车的窗户里去，因为车门是没地方开的。不管是耐心十足还是耐心告罄的乘客，都只能坐在车里，也不得不这样待在那里；事实上，他们得在这里待上大半夜，直到灯火熄灭，人群散去，才得以自由。

我们这些徒步的人是幸运的，但我们要为此付出努力。有两类人，一类人从广场回来，另一类人则推搡着往广场前进。使劲是完全没有必要的；人挤着人，身后的人挤着你，而你又挤着前面的人；我别无他法，只能用胳膊肘撑出一小点空间以免被挤死，在人群中随波逐流。但这股人流经常停止；街道另一头的某个障碍阻挡住了它，而后面的人群仍在不断增加。我们尝试从第一个入口进入广场，但只是徒劳；广场完全进不去。意识到这一点后，我们挤进逆流，最终被裹挟了出来。换了第二、第三个入口，同样不走运；来到最后一条大街的时候，我们做了第四次尝试，终于获得成功。这条路位于城市的郊区，只有一条路是马车无法到达的，因为路不好，路灯又少，步行者不算多，这条路也不为人所知。然而，我们借由这条路很快来到奥托商店对面的那条大街上，站在一堵花园的墙头上俯瞰下去，人群尽收眼底，连绵不绝，而那成千上万的人依然在徒劳地挣扎着想要看到什么。尽管这景象无比辉煌，要描述它却是不可能的；整个建筑的正面一派灯火通明的景象。

夜行

节选

查尔斯·狄更斯

1812—1870

查尔斯·狄更斯被认为是维多利亚时代最伟大的小说家。作为一名社会改革家和作家，他的作品经常关注这座城市，勾勒出维多利亚时代疾病、苦难和穷困的详细画面。在以下摘自他个人文章《夜行》(1860）的节选段落中，患有失眠症的狄更斯去体验了无家可归者的生活。当他晚上走在伦敦的街道上时，他开始明白，走路是一种应对机制。当城市的其他人都已沉睡的时候，孤独、寒冷、无家可归的人在街上游荡，寻找舒适和彼此的陪伴。

第八章

几年前，有一段时间，因一些烦心的琐事，我无法入眠，一连几天彻夜在街头游荡。若不是我试着躺在床上想尽办法入睡，或许要过很长时间才能克服这病症。不过，我很快解决了这个问题，疗法很简单，那就是一躺下睡不着就干脆起床出门，直到日出时再筋疲力尽地回家去。

那些夜晚，从业余体验无家可归的感受中，我完成了自己的教育。我的主要目标是为了挨过长夜，但在实现这一目标的过程中，我也得以走进那些有同样遭遇的人的生活并对他们产生同情，他们一年到头夜夜如此，除了熬过长夜，再无其他目的。

彼时正值三月，天气潮湿、多云而又阴冷。太阳到五点半才出来，因此，午夜十二点半之后，夜晚就显得无比漫长。而此时，也就到了我必须面对长夜的时刻了。

对我们这些无家可归的人来说，大都市的躁动不宁，及其他入睡前的辗转反侧，是供我们思考的第一轮消遣节目之一。它的表演要持续大约两个小时。当深夜的酒馆熄了灯，侍者将最后几个闹事的醉汉推到街上后，我们的伙伴就骤然少了很多。不过，在此之后，留给我们的就是那些迷途的车辆或行人了。要是足够幸运的话，还能看到拿着警板的警察突出冒出来，而后就是一场殴斗。不过一般情况下，这种消遣难得一见。除了在伦敦最乱的草市街、自治镇的肯特街附近，以及老肯特路沿街地段，很少有暴力事件会打破夜晚的平静。可是，伦敦好像在模仿它的居民似的，那种骚动间歇性发作，像一个人断气时的抽搐。等一切平静下来之后，假使有一辆马车咔哒咔哒地驶过，后面必定会跟随着五六辆。流浪汉们甚至观察到，那些酒鬼似乎身上有某种磁力吸引着彼此：每当看到一个醉汉趔趔趄趄地撞到某个商店的百叶窗时，我们便知道，不消五分钟，准有另一个醉汉趔趔趄趄地出现，二人要么像兄弟般纠缠在一起，要么像仇人似的扭打起来。和这些细胳膊细腿、蓬头垢面、唇色铅灰的普通金酒酒鬼不同的是，还有一类酒鬼我们很少遇见，他们的外貌更体面一些，他们与前者的比例是一比五十，身上穿着肮脏、丧气的衣服。街道既经历夜晚，也经历白天；那些偶然得到意外之财的普通人，也会意外地大喝一场。

最终，这些摇曳的火花会渐渐暗淡，完全熄灭——不眠生命的最后几粒现实的火星从某个深夜摆摊的馅饼摊主或烤土豆摊主身上飘落——伦敦很快就会沉睡。此时，那些无家可归的人便一心想着要找到同伴的身影，找到任何还亮灯的地方、任何有动静的地方，以及任何表明有人已经起床——不，哪怕只是还醒着——的迹象，因为他们的眼睛时刻注意着窗户里的光亮。

在淅沥的雨中行走的无家可归者不停地走啊走，他们什么也看不到，只有那些凌乱的、没有尽头的街道，在某个拐角处还会有两个交谈中的警察，或是正在照料部下的警官或巡官。夜间，无家可归的人有时——但这种时候极少——会注意到，有一个脑袋正在鬼鬼祟祟地从前方不远处的门缝口朝外窥视。走近那颗头，会发现有个人正笔直站着，试图躲在门的阴影中，显然没有与人做伴的意图。无家可归的人和这位先生像入迷了一样，在最适合此刻氛围的阴森的死寂中，从头到脚将彼此打量一番，而后一言不发地各自走开，心中却满腹狐疑。滴答、滴答、滴答，雨水从壁架和墙顶上滴落，从管道和喷嘴上溅起。不久，无家可归者的身影便会投到在通往滑铁卢大桥道路的石头上。在他们看来，花上半便士，对收费员道声“晚安”，到滑铁卢大桥上去找个清净之地，顺便瞥一眼他的灯火，这是很值得的。和收费员见面，一把旺盛的火、一件漂亮的大衣、一条不错的羊毛围脖，看上去都是很舒适的东西。当他把那半便士零钱叮当一声放到金属桌上时，他头脑异常清醒，充满活力，就像一个公然对抗黑夜的人，他要挑战夜色里一切幽怨，黎明即将到来，但他毫不在意。

女吉诃德

节选

夏洛特·伦诺克斯

1730—1804

夏洛特·伦诺克斯是出生在直布罗陀的苏格兰作家。经历了短暂而不成功的演员生涯后，她转向诗歌和散文创作，并很快被塞缪尔·约翰逊等引入伦敦文坛。她最著名的小说《女吉诃德》（1752）模仿了米格尔·德·塞万提斯的《堂吉诃德》（1605和1615）的风格，直到她去世才被人知晓。主人公阿拉贝拉是一位狂热的读者。她相信，现实生活和她心爱的法国浪漫小说一模一样。由于无法区分文学和现实生活，她言行举止都像一位浪漫的女英雄。在阿拉贝拉的心目中，伦敦街头一次简单的漫步就会让她面临被袭击的风险。在这篇节选段落中，她奇妙的想象使她投身泰晤士河中，就像神话中的克莱利亚投身台伯河那样逃离危险。

第六章

这一章包含的信息对正确理解历史极其重要

在我们刚才提到的女士们的陪伴下，我们那位美丽而痛苦的女主人公过了河，继续在蜿蜒的河岸上漫步，一边走一边自娱自乐地聊天，话题都是些年轻女人们通常谈论的那些事情，比如她们玩勃莱格牌戏的输赢、丝绸的价格、最新潮的服装、最好的理发师、上次集会的丑闻，等等，等等。

阿拉贝拉对这种（在她看来）无聊透顶的谈话感到厌恶，这种谈话并没有缓解她内心的焦虑，反而让她的悲伤中多了一种不安与烦躁，于是她决定离开她们，和露西一起去寻找高卢公主的隐居地。

然而，女士们坚持不要她离开；她找了个借口，宣称要去寻找一个不幸的无名者，她曾发誓要和她交朋友。这使得众人当场决定要陪她一起去。她们觉得她的目的太奇怪了，于是用狡黠的眼神、窃窃的低语、压抑的笑声和各种各样轻快的俏皮话来取笑她，郁郁寡欢的阿拉贝拉没有注意到这一点，她正忙着想事情，全然沉浸其中。

虽然她不知道该走哪条路，但她断定，忧郁的辛尼西娅一定会选择一个非常僻静的地方作为她的居住地。她在人迹罕至的小径上悠然地往前走着，后面跟着那些年轻的姑娘，她们热切地想看看这个不幸的无名者到底是谁；不过，在阿拉贝拉的诚挚请求下，她们答应不在这位女士眼前露面，因为阿拉贝拉告诉她们，由于非常紧急的原因，这位女士不得不把自己藏了起来。

这漫无目的的游逛让阿拉贝拉的同伴们感到精疲力竭，不过，阿拉贝拉的行为给了她们乐趣，因而她们才耐心地坚持和她走下去。

每遇到一位农民，她都会向他询问附近是否住着一位隐姓埋名的美丽女子。

她向一些人描述了她的长相，向另一些人描述了与她在一起的女佣的样子，还没忘记说说她的衣服、她的忧郁，以及她隐居此地的谨慎。

她用奇怪的语言向他们询问，这种奇怪的打探，使听她说话的那些善良的人感到十分惊讶；然而，她高贵而可爱的外表打动了他们，让他们肃然起敬；他们做出否定的回答，但丝毫没有嘲笑和无礼。

机缘总是那么无情！不愿惠顾任何依赖它的人！阿拉贝拉说。失望让她烦躁不安。她心想：我久久探寻却找不到这位女士，而别人或许会与她不期而遇。她也许并不愿意被这些人找到，但无能为力。这时年轻的女士们发现时间已经很晚，由于没人跟随，她们表示担忧，并希望阿拉贝拉这天的寻找到此为止。阿拉贝拉一听人暗示有危险，便焦急地问，她们是否担心有人会企图把她们绑架走。不等女士们回答，她便催促她们尽快回家，并向众人道歉，不应该如此轻率地让她们和自己陷入危险之中；然而，她又满怀希望地表示，如果有人试图剥夺她们的自由，一定会有一个慷慨的骑士经过，把她们拯救下来：这是一件很平常的事，大家没有理由对此感到绝望。

同伴们听到她的安慰后沉默不语，阿拉贝拉把这沉默理解为她们对命运是否会如此眷顾表示怀疑，便接着讲了几个故事，告诉众人，有好几次，一些被绑架的女士意外获救，从劫掠者那里成功脱逃。

她特别提到她的哥哥救了斯塔西拉的故事。多年来，她一直认为哥哥已经死了。她还提到一个完全陌生的人把贝雷尼斯公主救下的故事；此外还有许多其他人得救的故事，她们的名字、性格和冒险经历，她会时不时地详述几句；年轻的女士们听到这一切都感到不可思议的惊讶。虽然都是些荒诞的浪漫故事，但故事的细节对阿拉贝拉的想象力产生了巨大的影响，因此，当她一看到三四个骑马的男人沿着大路向她们走来，便立刻断定，来人一定会把她们统统掳走。

她对此坚信无疑，大喊一声，向水边飞奔过去；女士们大惊失色，无法想象发生了什么，便拼命在后面追赶她。

当阿拉贝拉来到水边时，她停了下来，环顾四周，没有看到任何一艘船能载她们回到里士满，一个念头突然在她的脑海中闪现，这想法之新奇堪比任何情节奇巧的故事书。

于是她转向女士们。她们立刻询问是什么让她如此惊恐。

“现在，我美丽的伙伴们，”她语气庄重地说，“命运给了你们一个机会，让你们以一种真正英勇的方式，向世人展示你们崇高的美德和伟大的勇气。

“我们力所能及的行动将使我们流芳百世，并将使我们无上荣耀，堪比克莱莉亚本人的美名。

“像她一样，我们开始预见世人为我们树碑立传；像她一样，我们预见我们的英勇成为后世楷模；或许，像她一样，我们的奖赏将会是王者的权杖和皇冠。

“为了保护自己的贞洁，免遭那个不敬神的塞克斯特斯的侵犯，那位美丽的罗马女人做出了惊世骇俗的行为。让我们来效仿她，以避免那些心怀叵测的劫掠者对我们犯下暴行。

“命运把我们丢弃在这危险的境地，却给我们指出了光荣的逃生之路；而我们崇高的勇气将得到后世永远的敬仰和尊重。

“我再次呼吁，我美丽的伙伴们，如果你们珍视自己的荣誉，如果一种不朽的荣耀值得你们追求，那就请效法我吧，我即将成为你们的楷模，请把我与罗马的克莱利亚相提并论。”

说完这句话，她纵身跳进泰晤士河，就像克莱莉亚游过泰伯河一样，打算游过河去。

年轻的女士们方才无比惊讶地聆听着她的长篇大论，默默无言，没有一个人听懂她的意思。这会儿看到这可怕的场面，她们大声尖叫起来，绞着双手，六神无主地跑过来又跑过去，大声呼救。露西极度悲痛地扯着头发。罗伯茨先生，我们以前说过，一直在视线可及的范围内跟着她们。当他看到阿拉贝拉朝水边跑去，便开始拼命追赶，来到河边时，恰好见证了她疯狂的行为。他二话不说，紧跟着她跳进河里，抓住她的长袍，把她拉到岸边。这时正好来了一只船，他便立即把她放进船里。阿拉贝拉毫无知觉，似乎已经死去。他和露西抱着她，一直等到几分钟后他们来到河的另一边。她的家就在河边不远，罗伯茨先生抱着她走向房子，等到看到她有了苏醒的迹象，才把她交给妇女们照料。她们赶紧把她安置在温暖的床上，然后跑去找格兰维尔先生。这部分我们前文已经讲过。

忏悔录

节选

让 - 雅克 · 卢梭

1712—1778

日内瓦哲学家兼作家让 - 雅克 · 卢梭是欧洲启蒙运动时期的关键思想家。他的作品影响了法国大革命。他经常被称为“浪漫主义之父”，因为他启发了一代诗人。他最早在《论科学与艺术》中阐述的一个关键论点是，人类文明的发展对人性和道德产生了破坏性影响。他认为，“进步”使人类脱离了自然状态，并用“自爱”腐蚀了人类。在摘自他自传的这段节选段落中，卢梭回顾了他年轻时的徒步旅行经历，声称这是他感觉充满活力的时候。

我最大的憾事，就是没有写下旅行日记，因为我意识到，许多生动的细节已经从我的记忆中消失了。与独自徒步旅行的那段时期相比，我从未如此完整地存在过，从未如此彻底地生活过，从未如此淋漓尽致地做我自己，如果我能够这样表达的话。散步能让我精神活跃、振奋；身体不活动时，我难以思考；我必须活动筋骨，好让我的判断力更加敏锐。秀丽的田野、连绵不绝的旖旎风光、清新的空气以及旺盛的食欲和健康的身体，这些都是散步的收获。在小酒馆里自由自在，远离一切寄托而不去想起，这给予我勇气，让我大胆地思考，投身于万物之中，随心所欲地大胆对它们组合、选择并占有。我随心所欲地支配整个大自然。我的心从一个景物游荡到另一个景物，每每遇到令我心悦的，便据为己有，并与之交融合一。在各种迷人的景象包围中，我陶醉在无比美好的感受之中。倘若我尝试把这些感受化为永久的文字，向自己描绘它们，我定会为我笔下那柔丽的色调和激情的表达赏心悦目。有人说，所有这些都可以在我的作品中找到，尽管它们都是在我生命衰颓的过程中所写。哦！倘若我青春年少时的见闻能为大众所见，倘若我云游四方时收入心中却未及形诸笔端的景象能为众人所知，岂不妙哉？为什么我不把这些写出来？有人会问。我会回答：为什么要写出来呢？为什么要剥夺我陶然自乐的真实快意，而向别人转述我自己的乐事？当我飘然于云天的时候，读者、公众，甚至全世界，与我何干？再说，我岂能纸墨笔砚呼之即来？即便我还能记着这些快乐的感受，却没有一丝想法值得留存。我也不能预见什么时候灵感突现，灵感欲来即来，非我所能召来。灵感要么完全躲着我，要么纷至沓来，它的纷繁与威力，会让我惶然不知所措，即便一日十卷，也难以尽书，遑论不及提笔？驻足停留的时候，我心中所想，只不过是一顿美餐；起程时，唯愿沿途可见美景。我感到门外有一个新的天堂在等着我去探索，我匆匆跳起来，奔它而去。

多么甜蜜！当幻想母亲开始晃动

威廉·华兹华斯

1770—1850

威廉·华兹华斯是英国诗歌中最著名的一个名字，也是浪漫主义运动的领军人物。他酷爱散步。他的朋友托马斯·德·昆西估计，华兹华斯一生中徒步走了大约 17.5 万英里。对华兹华斯来说，走路是创作过程的一部分——他经常边走边创作，所以散步经常成为他作品的主题，这也就不足为奇了。他的诗揭示，散步是他存在的基石，与其说是偶尔的休闲活动，不如说是一种生活方式。在下面的诗中，华兹华斯描述了散步的深刻内涵，即它如何激发崇高的思想和孩童般的满足感，如何将我们带入我们的头脑之中，或让我们完全进入自己的身体感官。

多么甜蜜！当幻想母亲开始晃动

那任性的头脑，漫步于一片树林！
在那老地方，到处是可爱的鸟禽，
大树、绿亭，和地上处处的花丛；
野玫瑰蹑手蹑脚，走在山楂林中，
似走向一个美丽姑娘，看她游嬉
在节日与集会，跟随着江湖骗子，
踩在那小丑的头顶上，嘲笑大众，
看脚下人群熙熙攘攘。我敢肯定，
对我而言，这个地方如一场梦幻，
或如整个地球的地图，思绪环行，
进入耳朵与视线，带着万物光圈，
这景象最终让我退缩，惊魂未定，
立即跳出美妙溪流，看流水溅溅。

大自然一片静谧，如休止的车轮，
牛群闲卧在那湿漉漉的青草之上，
马儿孑然无侣，当我经过它的身旁，
便站起身来，享受它晚来的盛飧。
大地一片漆黑，漫天的倦意袭来，
漫布河谷、山峦与那无星的夜空。
此刻，万物一片空白，便是和谐，
内心的感觉，内心的创造，释怀
由那纷乱感官不断饲养下的悲痛；
那是因为，只有此刻我才可休歇
于沉默的记忆。我的朋友，莫要
管那碌碌的烦忧，像我这般逍遥：
哦！就让我独自一人，悠然开怀，
不要以好事的触碰让我再次弯腰。

这美妙的傍晚，静谧而惬意

这美妙的傍晚，静谧而惬意，
这是神圣的时候，静如修女，
她正在顶礼膜拜，凝神屏息；
恢宏的太阳西沉，归于静谧；
海面飘荡着天堂的温情甜蜜：
快听！那全能的生命已苏醒，
生机勃勃的脉动正跳动不停，
它声如雷霆，从此永不停息。
啊！和我同行此地的童男童女，
倘若你未被庄重的沉思扰动，
你的天性必然是无比的崇高：
躺在亚伯拉罕怀中纯洁如初；
礼赞你心中那座宏伟的神庙，
上帝与你同在，我们却不懂。

我四处游荡，孤独若白云一片

我四处游荡，孤独若白云一片
我高高地飘过山岗与河涧，
蓦然间，我看到一丛丛
一簇簇金色的水仙，
它们或藏树下，或立湖边，
在微风中摇曳，起舞翩翩。

水仙如繁星满天，金光灿烂，
它们在银河中隐隐闪现，
它们连成一条不尽的长龙，
沿着湖湾的岸边向前蜿蜒，
一眼望去，花儿千朵万朵，
在欢舞中频频点颔。
有粼粼的浪花在一旁歌舞，
哪比这水仙花如此欢愉？
有如此快活的花儿做伴，

诗人怎能不为之绽放欢颜？
我久久凝视，却不曾想过
这绮丽的景象曾给我多少无价的灵感——

因为当我于榻上斜卧，
无论心中空虚，还是忧思恍惚，
金色的花常常闪耀在心中之眼，
那便是我一个人的幸福，
于是，我心中洋溢着快乐，
与水仙花一起随风起舞。

纪念 A. H. H.

节选

阿尔弗雷德 · 丁尼生

1809 — 1892

阿尔弗雷德 · 丁尼生被认为是维多利亚女王统治时期的喉舌。1850 年至 1892 年间，他担任大不列颠及爱尔兰桂冠诗人。他一生所享有的声望一直延续到今天。以下节选自他的诗《纪念 A.H.H》（1850），这首诗是为了悼念他最好的朋友阿瑟 · 哈勒姆而写的。哈勒姆在 22 岁时突然去世。这首诗实际上是关于悲伤的旅程；事实上，它最初的题目是《灵魂之路》。除了核心的情感之旅，徒步旅行也扮演着重要的角色。行走为叙述者提供了一种表达悲伤的语言；在阿瑟死前，他们的友谊就像是一次友好的散步，但现在叙述者独自走在路上。此外，在大学城漫步成为一种时间旅行的方式，因为物理空间唤起了记忆，一种苦乐参半的体验，在那里，事情“同样的感觉，景象却早已改变”。

二十二

我们二人一起走过那条小路，
前方是令人欢愉的开阔土地，
小径穿过那四年的甜甜蜜蜜，
随片片花瓣和雪片上下起伏。

一路上我们尽情地歌唱欢呼，
头上戴着四季给我们的花冠，
从四月到五月我们不知疲倦，
从五月到六月我们心中幸福。
却不料在我们一起漫步走过
第五个秋日的斜道开始之处，
当我们跟随希望往下面走去，
可怕的黑暗之神却在此危坐。

黑暗将美好的伴侣彼此分离，
用冰冷黑暗的罩衣遮住一切，

那层层褶皱将你无形地吞灭
你唇间的低语慢慢消失耳际。

黑暗把你带往何方我不知晓，
我脚步匆匆，却不会随他而行，
我暗自寻思，就在某处的阴影
正襟危坐的黑暗等着我来到。

二十三

现在，我有时用忧伤禁闭自己，
或听凭我疯癫发作随时歌唱，
孤独地，孤独地，到他危坐的地方，
看黑暗将一切裹住，从头到底。

黑暗掌握着一切信仰的钥匙，
我四处漫游，却常常脚步蹒跚，
回首远望我曾经出发的地点，

或者抬头眺望前路通往何地。

我悲伤地哭泣，感慨变化沧桑，
在那土地上，绿叶都充满灵性，
群山葱郁，吟唱声是那么轻盈，
低声地吟诵恐怖之神的悲腔[1]。

当每个人轮到做自己的向导，
当拘束的想象再次亮出光芒，
当思想突破重围与思想结帮，
思想必须要提前与语言修好。
我们与一切美好在途中相遇，
光阴给我们的馈赠无比理想，
所有的秘密在那春光中隐藏，
皆在血液闺房中欢快地歌舞。

---

① 潘：希腊神话中人身羊足、头上有角的畜牧神，爱好音乐，创制排箫，亦贪女色。

在那古老的阿尔戈斯山山顶，
有无数的睿智的哲学家歌唱，
四周的丛林不断地传来回响，
应和着阿卡迪亚的美妙笛声。

八十六

我从那庄严肃穆的墙底经过，
身上穿着那古老的长衣大袍，
我漫游着穿城而过，漫无目标，
大殿上的喧闹传进眼睛耳朵。

我再次听到学院教堂的声响，
宏伟的管风琴鸣响，声如雨暴，
雷霆般的音乐滚滚，地动山摇，
震动着窗格上那先知的圣像。

我再次听到遥远的声音传来，

那是船撸摇动时的节奏律动，
桨声欸乃，踱步岸边，穿行柳中，
越过无数的桥拱，响彻户外。

我再次见到同样的灰色公寓，
同样的感觉，景象却早已改变，
我最后一次走过长道的岩边，
看看这些房子，他曾在此寓居。

门上却贴着一个陌生的名字，
我徘徊良久，听屋里一片吵闹，
是孩子的歌声，还有拍手欢叫，
他跺着地板，打碎酒杯和玻璃。
就在这屋里，我们曾有过争辩，
是年轻朋友思想艺术的探讨，
我们讨论市场变化，一起思考，
一起对世上的一切指指点点。
我们会一个人用箭瞄准目标，

让它松弛地从那弓弦上飞出，
另一个人则穿透外侧的靶柱，
再一个人射中内侧，无比逍遥。

最终由神箭手亮出拿手绝技，
将靶一劈两半。我们心悦诚服，
听对方兴奋无比地大声喊呼，
听凭他自由自在地表现自己。

他层层推进，言谈优雅而有力，
像工整规律的音乐悦耳动听，
直至将结论给我们全部澄清，
他心中的上帝让他面露欢喜。
似乎要让他的躯体高高飞起，
在天堂的蔚蓝轨道熠熠生辉，
让无数仰慕的眼睛如痴如醉，
那是米开朗琪罗的绝妙画技。

一百

我们离开心中最爱的村落，
我们曾在此首次仰望上苍；
那曾聆听青春呼唤的屋梁，
却将成为陌生人家的居所。

我们走了，然而在离家之前，
我沿着那花园的小径前行；
看到博爱情怀的两个精灵
在彼此争夺着爱的主导权。

一个轻语：“少年的你在此歌唱，
自从你的晨歌奏响，倾听
那只鸟儿爱语的轻轻低吟
在那枝叶披拂的榛子树上。”

另一个答道：“是的，但就在这里，

你的脚步曾长久偏离小径，
与你失去的朋友隐身树荫，
于是这些便显得更加亲昵。”

两个精灵争辩了一个晌午，
为捍卫自己的诉求不断争斗；
可怜没有赢家的两个对手，
绝对不会让对方领先半步。

我要走了：我的脚步已注定
要离开这宜人的农舍田园；
那田野在彼此怀抱中交缠，
汇聚成那纯粹的忧伤图景。

南方与北方

节选

伊丽莎白·盖斯凯尔

1810—1865

伊丽莎白·盖斯凯尔（原姓斯蒂文森）是英国小说家和传记作家。如今，她因对棘手的社会问题进行了谨慎的批评而受到人们认可，这些问题包括阶级矛盾和当时社会对女性的态度。她的小说《南方与北方》（1854）阐释了传统的南方农村和现代的北方郊区的不同生活方式和各种各样的社会问题。小说的大部分故事发生在虚构的工业城市米尔顿，主人公玛格丽特·黑尔离开南海岸附近的赫尔斯通村后，搬到了米尔顿居住。这两个地方形成了鲜明的对比。小说开头的选段展示了玛格丽特在户外自由自在的感觉。

七月下旬的时候，玛格丽特回到了家乡。林间的树木一片晦暗，满眼墨绿，树下的蕨草则尽收斜阳。天气闷热沉寂，令人忧郁。从前，玛格丽特常常跟在父亲身旁一同跋涉，脚下的蕨草簌簌作响，那是一种残酷的快感，她感到蕨草在她轻盈的脚下弯腰伏地，那独特的芳香升腾而起。他们来到开阔的公共地段，阳光温暖，空气中弥漫着香气，只见许许多多野生生物在阳光下狂欢，自由自在，生机勃勃；那灿烂的阳光唤醒了各种各样的繁华绿草。这样的生活——至少是这样的林中漫步——让玛格丽特的全部期盼得以实现。她为自己的森林感到自豪。森林里的人们就是她的同胞。她和他们结成了知心的朋友。她学会了使用他们的特殊词汇，在他们中间感到无拘无束。她帮他们照料婴儿；她放慢语速，口齿清晰地与老年人交谈，或者以同样的方式读书给他们听；把美味可口的食物送到病人面前；很快，她还决定要到学校里去教课。她的父亲每天都要按部就班地到那学校去，可是她却经不住诱惑，常常想开小差，去探望一下某个朋友，那朋友可能是男人，也可能是女人或孩子，就住在绿荫覆盖的林间小村舍里。

她的户外生活完美无缺，家庭生活却不如人意。出于一个孩子正常的羞愧心，她责怪自己目光锐利，看到家里一切全不像应有的那样。她的母亲——母亲对她和蔼可亲——似乎对他们的处境时常感到十分不满，她认为主教不知何故未能尽责让丈夫黑尔先生过上更好的生活，而且因为丈夫不肯提出离开这个教区去负责另一个教区的想法，就差责备他了。对此，丈夫总是大声叹上一口气，回答说，能在小小的赫尔斯通做自己该做的事，他就很是心存感激了。可是一天天的，他越来感受到妻子的盛气凌人，这个世界也变得越来越令他迷惑了。他妻子还是一再逼迫他，劝他应该主动去寻找晋升机会，丈夫却愈来愈畏缩。玛格丽特每每看到这种情形，总要设法要让母亲接受赫尔斯通。黑尔太太说，附近一带树木太多，影响到了她的健康。玛格丽特则想方设法想法哄骗她出门到那片优美、开阔、阳光斑驳、云影遮蔽的山上公地上去，因为她深信母亲已经过分习惯于户内生活，难得到教堂、学校和附近小村舍以外的地方走一走了。有一阵子，这个办法很奏效，但是随着秋天的临近，天气变得乍冷乍热，母亲认为这地方不利于健康的念头也越来越强烈了。她的抱怨也比以前越来越频繁，说她丈夫比休谟先生还有学问，是一个比霍兹沃思先生更出色的教区牧师，却偏偏没有得到以前这两位邻居所得到的优待，这实在不该。

这长时间的不满破坏了家庭的安宁，却是玛格丽特所没有料到的。她知道，自己不得不放弃许多奢想——在这一点上，她倒是十分高兴——因为在哈利街，那些奢想反而给她的自由带来了烦恼和拘束。她敏锐地察觉并享受每一种感官乐趣，同时，又怀有一种清醒的自尊去放弃这些享受（如有必要的话），这两者达到了微妙的平衡，如果算不上是过度平衡的话。可是云彩并不总是从我们注视着的那条地平线飘来。玛格丽特之前回家度假的时候，母亲曾为赫尔斯通的琐事与父亲在那里的职位微微抱怨几句，也又有一些转瞬而逝的遗憾，但是，对那些日子，她的回忆总体是幸福的，她早已忘却了那些令人不快的琐事。

到了九月下旬，秋雨和狂风来临，玛格丽特更多时间不得不待在家里。赫尔斯通与任何它能达到对方文明程度的相邻村落距离都相当远。

“毫无疑问，英国最偏僻的地方就在咱这里。”黑尔太太有一次心情忧郁地说，“你爸爸在这儿真的没有一个可以来往的人，这让我不能不感叹。他简直就是被世界抛弃了。一周又一周，除了农民和工人，谁也看不见。要是咱们住在教区的另一侧，那可就不一样了。在那儿，走几步就可以到斯坦斯非尔德家，戈尔曼家当然也可以步行到达。”

“戈尔曼家，”玛格丽特说，“就是在南安普敦经商发了财的戈尔曼家吗？哦！咱们不去拜访他们，我可真高兴。我不喜欢生意人。我觉得咱们只认识一些村民和工人，还有老实人，这可比他们好多了。”

“你不能这么刻薄，玛格丽特，亲爱的！”母亲说，心里暗暗想着她有次在休谟先生家遇见过的一位年轻、英俊的戈尔曼先生。

“没有啊！我认为我的品味比较宽容。我喜欢职业与土地有关的所有人，我喜欢士兵和水手，以及人家所说的那三种有学问的职业。我相信您肯定不会让我去喜欢屠户、面包师和烛台制造商吧，对吗，妈妈？”

“可是戈尔曼家既不是屠户也不是做面包的，他们是制造马车的，这可是很体面的职业。”

“不错。可制造马车不也是一种生意么？而且我认为比做屠夫或面包师更没有用。啊！我以前每天都坐着肖姨妈的马车出去，早就厌倦了，我是多么渴望步行啊！”

不错，玛格丽特最终还是步行了，尽管天气很糟糕。在户外待在父亲身旁，她感到十分快乐，几乎手舞足蹈起来。在她穿过灌木丛时，西风从身后吹来，温柔而又有力，她感觉好像被吹着前进一样，就如同秋风吹起落叶一般轻松容易。不过，晚上的时间却不大容易轻松度过。茶点过后，父亲会立刻回到他的小书房去，只撇下她和母亲。黑尔太太始终对读书提不起兴趣，婚后很早就阻止丈夫，不让他在她干活时候给她朗读。有一阵子，他们曾经尝试下十五子棋作为消遣；但是随着黑尔先生对学校和教区居民的兴趣日益增加，他发觉妻子竟然把因职责而生的干扰视为苦难，而不是他的职业应有的自然状况。一旦发生这样的状况，需要他严肃处理的时候，她总是满腹怨言，充满抵触心理。所以，在孩子们还小的时候，他就躲进书房里待上一晚（若是在家里的话），去读一读他喜爱的思辨和玄学书籍。

浪迹海外

节选

马克 · 吐温

1835 — 1910

塞缪尔 · 兰霍恩 · 克莱门斯是美国幽默作家，笔名马克 · 吐温更为人所知。在他那个时代，马克 · 吐温以机智而广为人知，现在他最为人所知的是《汤姆 · 索耶历险记》（1876）和《哈克贝利 · 费恩历险记》（1885）。他还写了许多旅行故事，包括《浪迹海外》（1880）。这部讽刺性的游记结合了自传和小说两种体裁，根据作家1878年的一次旅行，详细描述了他穿越德国、瑞士、法国和意大利的旅程。书中的讽刺来自叙述者的滑稽形象，吐温用这个角色取笑美国游客的偏见。在下面的节选中，叙述者告诉我们，行走的乐趣在于交谈——无论话题多么琐碎，或者演讲者的信息多么贫乏。

第二十三章

我们很高兴，由于我们经常走路，所以一天之内就可到奥佩诺。因此，第二天清晨我们吃完早饭就出发了，决心一定要实现目标。我们一路下坡，夏日的天气十分可爱，再适宜徒步旅行不过了。因此，我们设好了计步器，然后悠然而有规律地迈开大步前进，穿过被道路劈开的森林，大口呼吸着早晨清新、芬芳的空气，心想要是永远没有别的事可做，就这样走到奥佩诺，然后继续走下去，一直这样反复，那样该有多好！

徒步旅行的真正魅力不在于散步，不在于观赏风景，而在于交谈。行走的节奏最适于配合舌部运动，并使血液畅通，思维活跃；沿路的风景和树木的气味让行为在毫无意识的、毫无察觉的情况下感受到风景的魅力，给眼睛、灵魂和感官带来慰藉；然而，最大的快乐来自谈话。无论你妙语连珠，还是信口开河，都无所谓，大部分的乐趣在于欢快地摆动下巴，呼扇起同情的耳朵。

在一天的浪游中，两三个人海阔天空，无所不聊。大家无拘无束，一个人刚说完另一个人就换个话题继续聊下去，没有人会揪住一件事絮叨个没完，让大伙不耐烦。那天早上，在头十五分钟或二十分钟的时间里，只要是我们知道的，我们无所不谈，此后，话题便延伸到我们不确定的快乐、自由、无边无际的领域中了。

闲逛

节选

克里斯托弗 · 莫利

1890—1957

克里斯托弗·莫利出生于美国宾夕法尼亚州，是一名记者、散文家、诗人和戏剧制作人。他在散文集《费城游记》（1920）中经常宣称，无论是在城市还是乡村，观察世界的最佳方式都是步行。以下摘录自他的文章《闲逛》，补充了他在书中其他地方阐述的观点。例如，在他的文章《论懒惰》中，莫利反对忙碌，主张放慢生活节奏。在《闲逛》一文中，他认为，做一个“闲逛者”能获得很大的满足感并拥有纯粹的“生活”，也就是说，懒散的行人在观察世界时非常满足，他们会产生莫利所说的“街角拐弯处那永恒的诱惑”的冲动，其目的只是“捕捉一张短暂的快照”，并能够不断回味这一瞬间。他认为，我们不需要以亨利·梭罗式的静修来享受这一切。

某位著名女士——她的名字我不记得了——常常把任何她鄙夷不屑的人都称作“闲逛者”。我猜她的意思是，那种人只是一个浪荡子，一个闲散的人，一个在街上闲逛的家伙。这可是令人脸上无光的大实话，不过，我可是个坚定的闲逛者。我喜欢置身于未知的小路上沿街而行；我喜欢睁大眼睛闲逛，观察人们的各种情绪和心态，欣赏形状各异的房子和纵横交错的街道。这种激情早已深深植入我的体内，并且越来越强烈。街角拐弯处那永恒的诱惑，是多么迷人！

我喜欢城市广场。最有趣的人总是那些无所事事的人：孩子、护士、警察和早上 11 点的演员。这些人总能在公园里找到。我所说的公园，并非指那一大片到处是跑马场、鱼塘和海狮的失去自然本质的乡村，而是在城市某个破旧的角落里一片宽阔的草皮。草皮上铺着人行道，到处是被太阳晒得暖洋洋的长凳，还有一个 1873 年左右竖立的铸铁的美国南北战争时期的义勇军雕像，用以提醒人们纪念雕像的恐怖。孩子们来回扭打，下巴尖瘦、满身灰尘的男人们懒洋洋地躺在座位上；四面八方到处浮动着粗野和悲惨的人类景象。

在这样的地方散步，把所有可能看到的东西都记录下来，真是一种令人痴迷的体验。我在纸片上匆匆记下一条小街上所有的商店，记下让我开心的商人的名字，记下贫民窟孩子荒谬讥诮的对话。为什么？这样让我很开心，这就足够了。从现在到时间的尽头，没有人能用我的眼睛观察生活，我要充分利用我的机会。梭罗编撰了一本《英国土地志》，还对瓦尔登湖的风景、声音和气味进行分类编目（他详细记录了沙洲的风貌以及人们对林地或苹果树的偏见），和他一样，我喜欢注释这座城市的种种现象。在城市的街道上，我也可以像梭罗在瓦尔登湖时一样孤独。

瓦尔登湖的天空再蓝也蓝不过今天早上华盛顿广场公园上方的天空。坐在这里读梭罗，初夏的醇香令我心醉神迷。太阳如此美好，让人沉浸在举杯祝酒前的那种沉思之中。树木如梦呓一般窃窃私语。我已经吃过荞麦蛋糕和糖浆做的早餐，还有两面煎过的鸡蛋，这为我的冥思打好了坚实基础。我吐着烟圈，悠然自得。许多知名的流浪汉来到我身旁；他们瞥了一眼我磨损的靴子、宽松的裤子，便认出我是他那个兄弟会的成员。仅凭他们的靴子，你们就会认识他们了。许多为了世上的荣誉而放弃竞争的人，他们都有自己的智慧。梭罗在他那睿智的箴言里说什么来着？——“有时候，我们会把大智的人与愚者等同视之，因为我们只欣赏大智之人三分之一的智慧。”一个人到了三十岁，就应该能够看到生活给他的馈赠，从餐盘上取走自己最可口的菜肴。

这就是全部的智慧，或者说是大智。倘若一个人穿着破烂的裤子坐在公园长椅上而其乐无穷，那就让他随心所欲地斜卧长椅吧。我欢迎他加入闲逛者的兄弟会，他是“拜空地教会”优秀的入门教徒！

弗雷德里克·道格拉斯：一个美国奴隶的生平自述

节选

弗雷德里克·道格拉斯

1818—1895

弗雷德里克·道格拉斯是非洲裔美国作家、演说家、社会改革家、知识分子、政治家和废奴运动领袖。他的自传《弗雷德里克·道格拉斯：一个美国奴隶的生平自述》(1845) 记录了他在美国马里兰州出生成为奴隶的经历。当时，美国白人作家无不在抒情地赞美自由和散步休闲的乐趣，而下面这篇摘自弗雷德里克的文章提醒我们，在同一个国家，还有些人被剥夺了这些权利。他描述了他为寻求保护而进行的八英里步行，通过这个故事，作家提醒我们，步行并不总是一种快乐，而是一种生存的工具。

我已经提到，我在科维先生家住的头六个月里，情况比过去六个月严重得多。很多事情导致科维先生对我的态度发生了变化，构成我卑微历史上的一个新时代。你已经看到一个人如何成为奴隶；现在你们将会看到奴隶如何变成人。1833 年 8 月最热的一天，比尔·史密斯、威廉·休斯、一个名叫伊莱的奴隶以及我自己，正忙着给小麦筛糠。休斯在扇车前清理筛好的小麦，伊莱转动风扇，史密斯喂料，而我则把小麦扛到机器那儿去。这项工作很简单，需要的是力量而不是智慧；然而，对于一个完全不习惯这种工作的人来说，却是非常艰巨的。那天大约三点钟，我筋疲力尽，浑身没有力气；我的头剧烈疼痛，脑子极度晕眩，还浑身发抖。我明白接下来会发生什么，便强打起精神，停止工作绝不会管用。我站了很久，摇摇晃晃地走到装满谷物的料斗前。当我再也站不住的时候，我摔倒了，感觉好像被一个巨大的重量压住了。扇车自然是停了；每个人都有自己的工作要做；没有人能在干自己的活的同时还要完成另一个人的工作。

科维先生待在房子里，离我们正在筛糠的踩谷场大约一百码远。听到扇车停止转动，他立即离开那里，来到我们所在的地方，急忙问出了什么事。比尔回答说我病了，没有人把麦子送到扇车那里。这时，我已经爬到了围着院子的柱子和围栏下面，希望能避开阳光下缓解一下。于是他问我在哪里。有人伸手指了指我。他来到我身边，看了一会儿，问我出了什么事。我尽可能地给他讲了情况，因为我几乎没有力气说话。然后他狠狠地在我的胯上踢了一脚，叫我起来。我试图站起来，但失败了。他又踢了我一脚，又叫我起来。我又试了一次，终于站稳了脚跟；但是，我弯下腰去拿我用来给装麦子的小桶时，又摇摇晃晃地摔倒了。就在我倒地不起的时候，科维先生拿起休斯用来打山胡桃的木板条（他已经打完了半蒲式耳），重重地砸在我的头上，造成了一个大伤口，鲜血涌了出来；就这样，他再一次命令我起身。我决心承受最坏的结果，所以就没有服从他的命令。我又被打了一次，过了一会儿，头好些了。科维先生已经离开了，让我听天由命了。此时此刻，我第一次决定要去找我的主人，提出申诉，请求他的保护。为了做到这一点，那天下午我必须走七英里；在这种情况下，这确实是一项艰巨的任务。凶狠的拳打脚踢，以及我自己疾病的发作，让我极其虚弱。不过，当科维朝相反的方向看的时候，我抓住了机会，便开始向圣迈克尔教堂走去。我走了好一段路，就在走到树林的时候被科维发现了，他喊我回去，威胁说如果我不来他就会怎么怎么做。我无视他的呼喊和威胁，以我虚弱的身体所能允许的最快速度向树林里走去；我想，如果继续走这条路，可能会被他赶上，于是我穿过树林，保持与这条路的距离以避免被他发现，同时又保持在路的附近以防迷路。我还没在树林里走出多远，所剩的力气又没有了。我无法继续走下去了。我摔倒在地上，躺了很长时间，头上的伤口还渗着血。有那么一会儿，我觉得自己会流血而死的；而现在想想，当时真不如就那样死掉。但是，凝结的血块缠住了我的头发，堵住了伤口。在那里躺了大约三刻钟后，我又振作起精神，继续行路。我穿过沼泽和荆棘，赤着脚，光着头，几乎每走一步，脚都会被撕裂；经过大约七英里的旅程，我来到了主人的商店，总共花了大约五个小时。此时，我的外表足以让任何人触目惊心，除非他是铁石心肠。我从头到脚，全身都是血。我的头发结成了块，满是灰尘和鲜血；浸了血的衬衫已经变得干硬。腿脚多处被荆棘刺伤，也是鲜血淋漓。我想，我看起来恐怕像是一个经历了九死一生才从野兽巢穴里逃出来的人。顶着这副模样，我来到主人面前，谦恭地恳求他以自己的权威介入并保护我。我把所有情况都尽可能地告诉了他，在我讲述经历的时候，他似乎有时因此而受到触动。然后，他在地板上踱来踱去，试图为科维辩护，并认为我罪有应得。他问我想怎么办。我请他给我找个新人家，我觉得，只要我和科维先生住在一起，我敢肯定我会和他一直住到死；科维肯定会杀了我的，他一定会这样做的。托马斯老爷认为，科维先生会杀我，这个想法太滑稽了。他认识科维先生，知道他是个好人，所以他不想把我从他身边夺走；况且如果我回来了，他就要损失一年的收入；科维先生拥有我一年的时间，所以无论如何我都必须回去；要是再继续编故事，他就要亲自把我抓起来。这样威胁了我一番之后，他给了我很大剂量的盐让我敷伤，吩咐我那天晚上可以留在圣迈克尔教堂（天已经很晚了），但第二天必须一大早就回到科维先生家去；如果我不这样做，他会把我抓起来，这意味着他会用鞭子抽打我。我在这里待了一整夜后，按照他的命令，第二天早上（星期六上午）就身心俱疲地动身前往科维家。前一晚我没有吃饭，当天早上也没有吃饭。九点钟左右，我到了科维家；正当我越过肯普太太的田地和我们田地中间的篱笆时，科维带着他的牛皮鞭跑了出来，打算再给我一顿鞭子。他还没来得及抓住我，我已经跑到了玉米地；因为玉米很高，所以我有办法躲藏起来。科维似乎很生气，找了我很长时间。我的行为完全无法解释。他终于放弃了追逐，也许，他心里想，我必须回家吃点东西；他不会再费心找我了。那一天我大部分时间都在树林里度过。在我面前有两个选择——要么回家被鞭打致死，要么留在树林里饿死。那天晚上，我与桑迪·詹金斯偶遇，他是个奴隶，我也算认识。桑迪有一个自由的妻子，住在离科维先生家大约四英里的地方；而现在是星期六，他正在去看她的路上。我把我的情况告诉了他，他非常友好地邀请我和他一起回家。我和他一起回到家，把这整件事都详细讲述了一遍，听取了他的建议，请他讲讲我该怎么做才是最好的对策。我发现桑迪很有经验，很会给人出点子。他非常严肃地告诉我，我必须回到科维家去；但是，在我走之前，我必须和他一起到树林的另一个地方去，那里有一个树根一样的东西，如果我把它带在身边——一定是我的右手边——那么科维先生或任何其他白人就都不可能鞭打我了。他说他带着它好几年了；他还说，自从他带着它以来，就再也从来没有遭到过殴打，以后也不会遭到殴打。起初，我是排斥这种想法的，认为在口袋里放一截树根不会产生他所说的任何效果，我也不愿意接受这种想法；但是桑迪非常诚恳地告诉我，即使没有好处，那也不会有什么坏处。为了让他满意，我终于拿起了树根，按照他的指示，把它放在我的右手边。现在是星期天早上，我立刻动身回家；一进院子的大门，科维先生就出来了，正要去开会。他和蔼可亲地吩咐我把猪从附近猪圈赶出去，然后接着向教堂走去。此刻，科维先生的这种奇怪行为真的让我开始觉得，桑迪给我的树根很奏效；如果是在星期天以外的任何一天，我都不会认为这种行为与这个树根有关系；事实上，我有点相信，这个树根的威力比我最初想象的还要大。直到周一早上到来之前，一切都一帆风顺。

漫步颂

节选

莱斯利 · 斯蒂芬

1832—1904

莱斯利·斯蒂芬今天为人所知，可能是因为他是弗吉尼亚·伍尔夫和服装设计师瓦妮莎·贝尔的父亲。然而，他本身就是一位英国作家、评论家、历史学家和著名的传记作家。他还是一名热衷于登山的人，也是第一个登山俱乐部——阿尔卑斯俱乐部的主席，执掌俱乐部若干年。他对散步的热情在他的文章《漫步颂》（1898）的以下节选中得到了体现。据斯蒂芬所说，漫步有助于身心的融合，每个人，无论身份高低，都能实现。此外，他还提出了一个有趣的想法，即独自漫步可以在我们的记忆中起到里程碑式的作用，它概括步行者在特定时间点的情绪和心理状态，是个人更广阔旅程——“尘世朝圣”的一个休息站。

当一个人变老，会有一些道德家训诫他，虽然身体逐渐退化，却可以从美满生活的回忆中得到补偿。毫无疑问，这样的回顾一定会令人无比惬意，但我们中许多人一定会想，生命是否会给我们提供这种自满的资本？即便我们具备这样的资本，其中哪一部分又算是圆满的呢？对于这个问题，我倒是可以轻松地给出回答，谈一谈让我所充分享受的美满生活。如果有人提议加上“无忧无虑”四个字，我不会反对这样的补充。不错，也许我会有片刻的遗憾，因为生活中的一些享受并不名副其实，但是我将要谈论的那种快乐却是显而易见的、无可争议的。散步之于闲暇，正如渔耕之于劳作——它原始而简单，让我们接触地球母亲和纯朴的大自然。不需要精密的仪器，也不需要外部的刺激，甚至适宜诗人和哲学家。能够充分享受这一乐趣的人，必须至少具备一项能力，即对“冥想小天使”的崇拜。他必须能够独处，而不需要强烈的身体反应带来的虚假刺激。我曾经一度谦卑地崇拜身体的健美。尽管睿智的教育家会频频摇头，但我依然保留着对河流中和板球场上的英雄的幼稚崇敬。在我看来，自从“强健的基督教”

从第一日传播开来，他们头顶的光晕就一直存在。那时候，据说人类的全部责任在于敬畏上帝，在于以一千个小时里行走一千英里。在我暮年的日子里，每当我看到如潮的人群，骑着自行车涌上被人遗弃的公路，使这里恢复昔日的活力，每当我看到令人肃然起敬的同龄人沉浸在高尔夫球的快乐中，使青春得以延续，我便由衷地感到无私的快乐。虽然我推崇人们进行各种强身健体的运动，但我也感到遗憾，偶尔会有一些卑微的动机鱼目混珠，最终导致运动的堕落。如今步行的一个优点在于，它的真正信徒很少受到这样的诱惑。当然，也有职业的行走者，他们要创造“记录”，赢得大众的掌声。当我读到巴克利船长的传世故事时，他的壮举令我敬仰万分，但我担心，他的动机掺杂了更多的虚荣，而不是崇高理智与情感的融合。真正的步行者只以步行本身为乐，而不会为自己超越了对体力的某种要求而自命不凡；对他来说，腿部的肌肉运动只能服从于由它的力量刺激的“大脑活动”，服从于他走路时最自然产生的安静思考和想象，及其形成的智力的和谐，这种和谐是对他单调浪游的自然伴奏。据我所知，骑车或打高尔夫球的人可以在击球或操作机器的间隙进行这种自我交流。但真正的步行者喜欢步行，因为步行不仅不会分散注意力，反而有利于丰富的静思和半清醒的冥想。因此，如果骑车的乐趣或任何其他娱乐让古老的徒步旅行习惯过时，我会感到十分惋惜。

就我而言，当我试图唤起对“美满”时刻的回忆时，却是以一种相反的视角看待过去；所谓相反，就是把偶然看成本质。如果我翻开头脑中一直由记忆编纂的相册，就会发现，其中最清晰的画面，是昔日的漫步。此外，也有其他一些记忆，它们具有不可比拟的内在价值，但全都融合成一个个整体。这些记忆总是一团团，一块块，彼此并不分明。一段照亮人生的友谊能够在记忆中生存下来，并不表现为一连串的事件，而表现为对朋友典型特征的总体印象，它是由无数被遗忘的画面叠加而形成。留在我记忆中的是他本人，而不是展现他面貌的具体对话。反过来，记忆中的漫步却总是有地点、有时间的，总是和特定的时刻或场景密不可分；它们自动形成一本日历或彼此连接的线头，与其他记忆接成一串长线。当我回首往事时，一长串小小的插曲浮现在眼前，每一个插曲都代表我在此尘世上朝圣的一个明确阶段，莫不可归结或体现为一次次漫步。那背景里的景色总让人想起一度熟悉的地方，由此而生的种种联想进而激活我们对当下事业的思考。笔耕之苦不会留下深刻印象，这令人欣慰，而我也乐意将之抛至脑后；不过，某次愉悦的漫步留下的画面，却会在不经意间令人回想起吟咏之苦以及从漫步中获得的解脱。作家不过是浪游的偶得。将我生命的每一天连接起来的并不是“天然的虔诚”（或者，让我说，不仅仅靠天然的虔诚），而是由我浪游的热情联系在一起。倘若寻常的记忆值得信赖的话，学生时代的记忆总是围绕着某次鞭笞，或是精神导师在播种人生指导原则种子时所说的庄严的词语。在我的记忆中，有一两次令人忏悔的训诫；我承认，也记得好几次不公的鞭笞，至今一想到它就如鲠在喉。不过，以最自然的方式浮现在我脑海中的都是漫步的记忆——那些“出界”的漫步。此时的我可以忘掉拉丁语法，去享受大自然的美，那美，对一个孩子来说，就在水鼠出没的池塘里，或者在野外“陷阱和弹簧枪”的浪漫游戏中。于是，以这种原始的方式，一个人变成了反思的、个体的存在，而不仅仅是由教育机器启动运转的机器。

引导我完全进入神秘世界的那一天，是由一块白色石头开始的。我挎上背包，从海德堡出发，准备跨越奥登瓦尔德峰。那是我第一次体会到徒步旅行时那种独立和超然的愉悦。没有了火车时刻表和无关紧要的机械的累赘，你把信任交给双腿，欲停则停，欲走则走，随心所欲地拐进某个岔道，在你过夜的每一家客栈里，顺便见识各种稀奇古怪的人类生活。此时的你，与博罗[①]一样感同身受，他来到山谷中住下，摆脱了出版商用伦敦蜗居限制他的束缚，感到无比轻松。你没有必要维持尊严，普通生命的外衣已经被你遗忘，就像基督教徒肩上的包袱一样。

① 乔治·博罗：英国旅行家、语言学家、作家。

鹿溪

节选

哈丽特·马蒂诺

1802—1876

哈丽特·马蒂诺是英国小说家、散文家、记者、经济作家和社会理论家，她最早因讲述经济学的短篇小说集——《政治经济学故事》（1832）而成名。她是一位女性主义思想家，曾广游天下，在《西方旅行回顾》（1838）等书中记录了自己的经历。在她的小说《鹿溪》（1838）的节选片段中，在乡间漫步是对村庄流言蜚语的一种躲避，在那里，主人公玛格丽特和她的妹妹被简化为他们对浪漫前景的共同展望。在选段中，聪明机智的玛格丽特为了完成挑战，走上了结冰的河面，不料却摔倒了。通过对这一起事件的滑稽而严肃的记述，作者将主人公描绘成一个坚强的女性角色，性格坚韧而不畏困难。

玛格丽特尝试这个办法已经有一段时间了，那是不快乐的人再熟悉不过的方法，即通过身体的运动消除精神的不安。她现在渴望做些更积极的事情，而不是仅仅陪着格雷太太一起散步，听她说些不用她开口就已经知道了的话题。格雷夫人怎么看罗兰夫人的，罗兰夫人怎么看格雷夫人的，这样的东西，大凡认识这些女士的人，都预料得到。海丝特和玛格丽特已经学会了在这种家长里短的评论进行过程中思考别的事情，并在评论结束时重新表示关注。现在玛格丽特刚刚退出这种评论，正和西德尼在冰上行走。

“怎么，玛格丽特表姐，你该不是害怕在冰上行走吧？”西德尼一边大声说着，一边用脚后跟保持平衡。“霍普先生，你有什么看法？”当霍普从他们身旁掠过时，他喊道，“玛格丽特表姐害怕在冰上走呢！”

“她觉得会发生什么事呢？”霍普先生问道，声音渐渐消失在远处。

“冰层看起来灰蒙蒙的，河水清澈，下面却很黑暗，西德尼。”

“嗬！你和水隔开得已经足够厚了。我跟你说，要想淹死得掉下去好深才行呢。”

“可冰太滑了！”

“那又怎么样？你以为冰还能做什么呢？如果摔倒了，就再爬起来。我今天早上已经摔倒三次了。”

“嗯，这当然是一个很大的安慰。你想让我走哪条路？”

“哦，哪条都行。如果你愿意的话，可以走到河对岸去。明年夏天我们乘船到这里时，你就会记得自己曾走过这个地方了。”

“这倒是，”玛格丽特说，“如果索菲亚和我一起去，我就去。”

“问他们任何人都没有用，”西德尼说，“他们只会站在那里，磨磨蹭蹭地东张西望，直到嘴唇、鼻子都冻得紫红紫红的。他们根本不会玩。”

玛格丽特说：“我会先尽量到那根杆子那儿去。要不是他们把这里的雪都扫了个干净，让冰面看起来又灰又滑，我就不用小心翼翼了。”

“那根杆子！”西德尼叫道，“哎呀，那根杆子是故意插在那里，提醒你不能靠近的。难道你没看到，周围的冰都是破的吗？哦，我知道你今天怎么这么愚蠢和懦弱了。你的所有冬天都在伯明翰度过，还没习惯在冰上行走。”

“我很高兴你终于知道原因了。快看，看，我在走着呢。好恐怖的感觉啊！”她一边喊，一边小心翼翼地把一只脚放到另一只脚的前面，踩在透明的冰层上。当她到达河中央时，动作已经更顺畅了一些，那里的冰已经被冰鞋划过很多遍了。

“现在，如果你不看脚，就会走得更自然。”西德尼说，“你为什么不能看看对面的人和树呢？”

“要是我掉进洞里怎么办呀！”

“哪有洞啊！相信我，没有洞的。你这么畏畏缩缩是怕什么呢？冰总要裂成一条缝的，不是这里裂就是那里裂。我觉得你的脑子肯定挨过子弹。”

“可不是嘛！”她笑着说，“可是，西德尼，我们离两边的河岸都很远啊！”

“当然，这就是我们来的目的。”

玛格丽特怯生生地环顾了一下四周。一个朦胧的想法掠过她的脑海，如果她遇到意外、无辜地淹死，那该多好啊！她几乎没有意识到这个转瞬即逝的想法，接着往前走去。

“你走得不错，”霍普先生从身边飞驰而过，他现在已经返回来向上游滑了。

“看，那里！”西德尼立刻说道，“那里有一条通往河岸的小道。我要来回滑一趟，然后再回来接你往回走；我们要试试，让海丝特表姐看到你待在那里很安全，还能返回来，然后再试试能否把她叫过来。”

接下来的场面可是海丝特注定不应该看到的景象。玛格丽特对最浅灰的冰层有一种无知的偏爱，当她独自一人时，便径直朝一块看起来不像玻璃的地方走去。没有人特别在意她。她脚底滑了一下，又稳住了。紧接着，她又滑了一下，这次摔倒在冰面上，脚下的冰传来裂开的声音。每次她试图站起来时，都发现这个地方太滑了，无法站稳脚跟；紧接着，她身下出现了一个洞；她感到了冰冷的水，身子正在沉入冰洞；她拼命去抓周围的冰缘，可冰块彻底裂开了。就在她周围冰冷的河水似乎要吞没她的时候，岸上传来了一阵喊叫声，她感到冰层像一个沉重的重物压在她身上。此时人们会想到快乐——“一切很快就会结束”——她此时唯一的意识就是这个。

不到两分钟，她又开始呼吸空气了。她坐在岸边，和人一起拧衣服。两分钟的时间，有多少事情可能发生？霍普先生又一次逆河而上，当他看到河岸上一阵骚乱，便甩掉溜冰鞋，准备过来帮忙。他像其他人一样跑着来到冰洞旁，看到一件深蓝色的连衣裙从水中冒出，接着又是一件滴水的毛皮上衣，然后是一顶帽子，最后逐渐看清了那人是谁。有一瞬间，他用手捂住脸，半掩着他痛苦的表情，那表情是如此强烈，以至于一个看到他的旁观者说：“放心吧，先生，她掉进去的时间很短。她会恢复过来的，绝对不会有问题。”霍普跳到岸边，从把她拉出水面的男人们的胳膊中接过她。她记得的第一件事就是，有人以她能想象的最低沉的声音叹道——“哦，天哪！我的玛格丽特！”此外，她还感觉到——而不是听到——有一声呻吟。然后，有许多温暖而忙碌的手搂住她的头，摘下她的帽子，抖开她的头发，揉动她的太阳穴。她舒了口气："啊，天哪！"她又听到了那轻柔的呻吟声。过了一会儿，她醒了过来，坐起身来，看到霍普抽搐的脸。西德尼一动不动地站着，脸色惨白。

"我永远都不会原谅自己，"她听到她表弟喊道。

"哦，我很好，"她说道。此时，她才想起了一切。"天气很暖和。把帽子给我吧。我可以走回家。"

自传

节选

哈丽特·马蒂诺

1802—1876

本段摘自马蒂诺的自传（1877），让我们深入了解散步如何暂时缓解痛苦，让生活变得有价值。

我的身体越来越衰弱。1827 年，我每天晚上疼痛都会发作，我忍受的那种痛苦，现在想起来很不舒服。对于身心的痛苦来说，这的确是可怕的一年，尽管这一年我也收获了满意，其中最主要的一次收获，便是我到住在达利的哥哥罗伯特和他的妻子（她至今一直是我的好朋友）家中拜访了他们，住了很长一段时间。我记得我们在达利城堡的庭院里散步，记得我哥哥下班后在家里演奏风琴，还记得他们的婴儿在那一季节的黑暗中散发出无穷魅力。在我这样的情况下，我发现，独自长时间散步有着无与伦比的好处。甚至在处于隆冬季节的诺维奇，我也发现了这一点，要知道，这里一马平川，一切暴露在寒冷的天气之下，显得无比荒凉。现在，我身处达利美景的怀抱之中，我的漫步没有尽头，我对着漫步的喜爱也无穷无尽。我回到家时总是带着欢畅轻快的心情。我当时写的那些诗（我不忍去想）都是在那些日子里写的。

在波特莱尔城堡

托马斯·哈代

1840—1928

托马斯·哈代是英国小说家和诗人，他的作品主要关注英格兰西南部农村中个人的生活和斗争。英格兰西南部是他的家乡，在作品中化名为威塞克斯。在他的诗《在波特莱尔城堡》中，我们看到漫步可以为亲密的情感和坦诚开辟沃土。当叙述者在当下走过山丘时，他被带回到了与先前的情人走同一条路的时代。

我驶向狭路与大道的交会处，
淅沥的小雨将马车车厢淋透，
我回头看身后那消隐的小路，
却见水雾中隐隐发光的坡头，
分明是我在走，

是我和一名少女幽暗的身影，
行走在一辆马车旁的大路上，
三月天气干燥，我们下车步行，
让健壮结实的小马变成轻装，
不让它缓行叹伤。
攀行路上的所有行为与交谈，
会导致什么结果，都于事无妨——
有些事情，会给人生困厄艰难，
没有挫折的羞辱，希望无比渺茫，
情感也会从此遁亡。

一切只是片刻，然而是否存在

那美好的一瞬，自地老到天荒，
讲述山的故事？然而人们从来
不曾介意，攀行者来去匆忙，
却把山的历史遗忘。

原始的岩石矗立于陡峭的山路，
自始至终，经历无数雨雪风霜，
万物转瞬，皆因地球的古老秩序，
然而，它们用缤纷的色彩和形状，
记下我们路过的时光。

对我而言，时间的威严不可抗命，
将一切景象从眼前残酷地抹消，
却留下那一刻，一个梦幻的人影，
行走在山坡上，夜色将一切笼罩，
看我们下车走上山道。

我看着那人影逐渐，逐渐消失，

我回首四望，看她在雨中漫步，
那是最后一眼，我的尘土陷地，
古老的爱情领地我将不再涉足，
此刻永远消失不复。

远离尘嚣

节选

托马斯·哈代

1840—1928

本节选片段选自《远离尘嚣》(1874)，独立的主人公芭思希芭·埃弗登在她的土地上夜间巡逻。在森林的黑暗中，她遇到了英姿飒爽的特洛伊中士。

第二十四章

同一个夜晚——云杉庄

打发走管家之后，芭思希芭自愿承担了各种责任，其中有一件事就是，每晚上床睡觉之前要围着宅院看一圈，确保夜间一切正常，万无一失。每天晚上，加布里埃尔差不多总走在她的前面，提前巡视一番，像一个专门雇来的监察官一样，把一切都仔仔细细地看过一遍。可是，这种温柔的体贴与效忠，女主人几乎没有察觉到，即便略有体察，也都理所当然地接受下来，没有表示谢意。女人抱怨起对男人的三心二意似乎从不知疲倦，但结果总是让男人的忠诚受到冷落。

由于夜巡最好在不被人看见的情况下进行，她常常手里提着一盏幽暗的灯，碰上各种角落，便调亮灯光，带着城市警察的那种沉着冷静检查一番。这种冷静与其说是由于她对随时可能出现的危险毫无畏惧，不如说是因为她根本无需担心有什么危险发生。她能想像到的最糟糕的情况，无非是一匹马没有安顿好，鸡没有全部回窝，或是一扇门没关上。

这天夜里，她像往常一样检查了所有房子，到放牧围场上去转了一圈。在这里，打破宁静的只有许多张嘴巴不慌不忙的咀嚼声和那些看不见的鼻子喷出的响亮鼾声，鼾声和喘息声此起彼伏，就像慢慢抽动着的风箱发出的声响。随后，嚼料声又会重新响起。此时，在生动的想象力的协助下，眼前会看到一些浅粉色的鼻孔，形如黑洞，表面滑腻、湿乎乎的，对不习惯的人来说，摸上去会很不舒服。鼻孔的下面是嘴，这些嘴特别偏爱芭思希芭衣服的下摆，凡在舌头够得着的时候，总是一口咬住。在每一张嘴和鼻子上方，能更清楚地看见棕色的额头和两只目光直视却无敌意的眼睛，再往上看，那就是一对发白的新月状犄角，像两轮初升的弯月。它们偶尔发出沉闷的哞哞声，向来人表明，他看到的这一切不容置疑，都属于一群品种优良的德文郡母牛的外貌和身躯，它们都为芭思希芭所有——它们的名字是雏菊、白蹄、美妞、乐呵、斑点、忽闪眼。

她返回房子时所走的路要穿过一片小山毛榉树林，树是早几年为了遮挡北风而栽的。头顶上枝叶浓密，纵横交错，即使是晴朗无云的正午也一片幽暗，傍晚时分暮色苍苍，日落后像午夜一般黪黑，而到了午夜，则黑洞洞的，仿佛埃及的第九次灾难一般。如果要描绘一下这块地方的话，可以说它是一个开阔、低矮、自然形成的大厅，细叶嫩羽覆盖的房顶由柔嫩的柱子支撑，那些柱子都是生机盎然的大树，而地板上则覆盖着由枯死的小穗花和发霉的果球组成的灰褐色的柔软地毯，上面还散布着一簇簇的草叶。

这条小径总是夜间散步最关键的地方，尽管芭思希芭对危险的预防还没有强烈到使她在出门前一定要找个人做伴的程度。她蹑手蹑脚、悄无声息地在林中前行，像时间的缓慢步伐，她在想象中听到另一头有人走过来的脚步声。那是一阵窸窣的脚步声，确凿无疑。她立刻用雪花一样轻盈的脚步行走起来。她想起来，这条路是公用的，也就放心了一些——那个行人也许是哪个正在回家的村民。不过，与此同时，她想到在途中最黑暗的某个地点即将和来人相逢，还是有些害怕，虽然这地方就在她的家门外面而已。

脚步声越来越近，一个身影显然正要与她擦身而过的时候，突然间，什么东西剐住了她的裙子，并用力把它往地面拽。这下差点让芭思希芭失去平衡。待到站稳之后，她碰到了温暖的衣服和纽扣。

“吓死人了！”一个男子的声音在她头顶一英尺左右的地方说道。“伤着你了吗，伙计？”

“没有，”芭思希芭说着，试图缩回身子。

“咱俩大概是被什么缠到一块儿了，我想。”

“是的。”

“你是个女的吗？”

“是。”

“我应该说，你是位尊贵的小姐。”

“没关系。”

“我是个男的。”

“哦！”

芭思希芭轻轻地拽了一下，但是无济于事。

“你是不是带了盏遮光灯？我猜是吧？”那人说。

“是的。”

“你要是允许的话，我把灯罩打开，就能把你松开了。”

一只手抓住了灯，打开灯上的小门，灯光从囚笼里夺门而出，芭思希芭吃惊地看着自己的处境。

剐住她衣服的那人身着鲜红色的军装，黄铜纽扣闪闪发光。他是个当兵的。他从黑暗中猛然出现，犹如静寂中响起一声小号。刚才一直守护这块地方的黑暗之神一下子消失了，与其说是因为灯里射出的光，不如说是因为被灯光照亮了的人。站现在她眼前的这位与她想象中的衣着灰暗、心怀叵测的家伙，形成了强烈反差，以至于让她产生了仿佛被仙女施了魔法般的变化。

很快，芭思希芭看到，那军人靴子上的马刺钩住了她裙子下摆上的饰带。军人看了一眼她的面容。

“小姐，我马上给你解开，”他语气里有一股新生的殷勤。

“哦，不用——我能行，谢谢你，”她急忙回答道，俯下身去解马刺。

要把马刺解开并不是件轻而易举的事情。在这短短的几分钟里，马刺的齿已经死死缠住了饰带，将它们分离很可能是件费时的事。

他也弯下腰来，那盏灯立在两人中间的地上，透过开启的小窗，把亮光洒在冷杉针叶和潮湿的高草之间，像是一只巨大的萤火虫发出的光亮。光线向上射到他们的脸上，把这一男一女巨大的身影投在半片林子之上，每个昏暗的形状都扭曲变形，映在树干上，直到完全消失。

她抬起眼睛的时候，他紧紧地盯着她看了一会儿；芭思希芭又低下头来，因为他的目光太强烈了，她无法承受这种毫不掩饰的注视。不是，她用余光注意到，他年轻细长，袖子上有三个 V 形饰章。

芭思希芭又拉了拉。

“你被这马刺俘虏了，小姐，不承认可不行，”那士兵冷冷地说。“如果你这么着急，我只能把衣服割断了。”

“好，那就请你割断吧！”她无可奈何地大声说道。

“你要是能等一会儿，就不必这样了。”他从刺轮上解下了一条线来。芭思希芭把自己的手缩了回去，可是，不知是有意还是碰巧，那士兵碰了一下她的手。芭思希芭有点恼火，但她不明白为什么会这样。

那士兵继续解着丝带，可似乎总也没个完。芭思希芭又朝他看去。

“谢谢你让我看到这么美丽的一张脸！”年轻的中士毫不掩饰地说。

她窘得满脸绯红。“我不是故意让你看的，”她生硬地答道，并尽量显示出她在这种被俘虏的状态下能够表现出的尊严——当然只是一点点而已。

“小姐，你说话这么直截了当，我就更喜欢你了，”他说道。

“我真希望你没有闯到这里来让我看见你，那样我才高兴呢！”她说着又拽了一下，裙子上的褶皱像小人国里的火枪队开火那样散开了。

“我心甘情愿接受你的责备。不过，这么漂亮本分的女孩子，对与她父亲同样性别的人怎么这么反感呢？”

“请你还是继续走你的路吧。”

“什么，美人，要我把你拖在后面走吗？请你自己看看，我还没见过缠得这么紧的！”

“哼，你可真不害臊！你故意缠紧，好把我留在这儿——是不是？”

“说真的，我可没这个意思，”中士快活地眨了眼说。

“我敢说你就是故意的！”她暴躁地大声喊道，“让我来解。快点，让我来解！”

“那是当然的，小姐。我可不是铁石心肠。”他说着叹了一口气，叹气声中有一丝顽皮，却没有让这叹息完全失去其本意。“能见到美人，我已经十分感激，哪怕是像扔给小狗的一根肉骨头那样扔给我的。这美好的时刻真是转瞬即逝啊！”

芭思希芭紧闭双唇，决意不再说话。

芭思希芭心里犹豫，要不要鼓起勇气，不顾一切地跑开，好让自己解脱，而不用管裙子会不会被扯断。可是这样想太可怕了。这裙子是她为了在晚饭时显得更为庄重才穿上的，是她衣橱里最好的一件，而其他所有裙子都没有这么合适。哪个女子像芭思希芭这样，生来就不腼腆，明明仆人们就在附近呼之即来，却肯为了从一个潇洒的士兵身边逃开，花这么大的代价？

呼啸山庄

节选

艾米莉·勃朗特

1818—1848

艾米莉·勃朗特是英国诗人和作家，以其唯一的小说《呼啸山庄》（1847）而闻名。在小说的开头，年轻的主人公凯西喜欢“独自漫步”，但只能在她家的画眉庄园的空地上行走。然而，她渴望探索荒野。她对地平线上的一排岩石小山特别感兴趣，这些小山被称为盘尼斯顿岩壁，而在那里她也最终会发现呼啸山庄，即她的表妹黑尔顿和神秘的希斯克利夫的家。在本节中，凯西违抗命令离开了庄园，迫使女佣兼叙述者耐莉徒步出发去找回她。荒野最终成为凯西和希斯克利夫的庇护所，远离两家令人压抑的宅邸。小说把这片土地同时描写为不祥、超自然的地方，在凯西身上激起了奇怪、狂野的感觉。

她长到十三岁，还没有独自出过庄园一次。林顿先生偶尔也会带她到外面走上一英里左右；可是他不愿意把她交给别人。在她听来，吉默顿是一个虚无缥缈的名字；那座小教堂，是除了她自己的家以外唯一走近或进去过的建筑。呼啸山庄和希斯克利夫先生对她来说是不存在的；她过着地地道道的隐居生活，显然还以此为乐。的确，有的时候，当她从育儿室的窗口眺望乡间时，她也会评论一番——

"艾伦，我需要多久才能爬到那些山顶？我想知道山那边是什么——是海吗？"

"不，凯西小姐，"我会回答说，"还是些山，就像这些山一样。"

"你站在那些金色的岩石下面的时候，它们是什么样的呢？"有一次她问。

盘尼斯顿岩壁峭壁垂立，特别引她注目；尤其是当落日余晖洒在岩石上和群峰之巅时，周围的一大片风景都遮蔽在阴影之中。

我解释说那些只是一大堆裸露的石头，石缝间的那点土连一棵矮小的树也无法养活。

“那为什么我们这儿黄昏都过了那么久，那些石头还那么亮闪闪的呢？”她追问着。

“因为那里比我们这里高出许多，”我回答，“你可不能往那些岩石上爬，那里太高太陡了。冬天的时候，那里总是比我们这里先下霜；大伏天的时候，我还在东北侧那个黑洞里发现过雪呢！”

“啊，你已经到过那上面啦！”她高兴地喊起来，“那等我成了女人，也可以去啦？艾伦，爸爸去过没有？”

“爸爸会告诉你的，小姐，”我急忙回答，“他会告诉你那地方是不值得去玩的。你和他一起去散步的那片旷野要好得多，而且画眉庄园是世界上最好的地方。”

“画眉庄园我知道，可那些地方我还不知道呢，”她自言自语地说，“我要是能从那个最高点的平地向四周望望一定会很高兴的——总有一天，我的小马敏妮会带我去的。”

有个女仆提起了仙人洞，这大大地引起了她的兴趣，一心一意说就想要实现这个愿望。她纠缠着林顿先生不放，他答应，等她稍长大点就可以去了。可是凯瑟琳小姐却一个月一个月数着计算她的年龄——“现在，我去盘尼斯顿岩壁还不够大吗？”这是她常常挂在嘴边的问话。

到那边的路曲折蜿蜒，紧靠呼啸山庄。埃德加不愿从那里经过，所以她常常得到这样的回答——

“还不到时候，宝贝儿，还不到时候。”

我说过，希斯克利夫夫人在离开丈夫后又活了十二年左右。她一家的体质都很脆弱：她和埃德加都缺乏你在这一带常常可以见到的那种红润的健康血色。她临终得的是什么病，我不大清楚，我猜想他们死于同样的病，某种热病，发病缓慢，可是无法医治，最后会很快地耗尽生命。

她写信给哥哥，告诉他说她病了四个月，备受煎熬，很可能情况不妙，并且恳求他如果可能的话，去她那儿一趟；因为她有许多事要料理，希望和他诀别，并把林顿安全地交付到他手中。她希望把林顿交给舅舅照料，就像他们两个平时生活在一起那样；至于孩子的亲生父亲，她宁愿相信，他根本不愿意担起抚养和教育的义务。

我的东家依了她，没有丝毫犹豫。若是为了一般的事叫他出门，他可不情愿，但是这次却爽快地答应了；他把凯瑟琳交给我，要我多加留意，反复嘱咐我，即便有我陪着，也千万不能让她游荡到庄园外面去。至于她会不会自个儿去，那他可都没有想到过。

他走了有三个星期。头一两天里，我负责的那个小家伙坐在书房的一个角落里，心情忧郁，既没有看书，也没有玩耍，安安静静的，没有给我添什么麻烦。接着就是一阵烦躁和不安导致的厌倦；再加上我很忙，人又老了，没法上上下下地跑着逗她玩，就想出了一个办法让她自娱自乐。

我总是叫她出去到房子附近逛逛——有时徒步，有时骑着小马。等她回来的时候，我就做一个耐心的听众，由着她讲述自己所有真实的和想象的冒险故事。

正值盛夏季节；她非常喜欢独自游荡，常常吃完早饭就出去，直到吃茶点的时间才回来；到了晚上，就向我讲述自己充满幻想的故事。我并不怕她越出界外，因为大门通常是锁着的，而且我以为就是大门完全大开着，她也不敢一个人贸然出去。不幸的是，我的信任用错了地方。一天早晨，八点钟的时候，凯瑟琳来到我身边，说这天她是一个阿拉伯商人，将要率领她的商队穿过沙漠，我得给她和她的牲口——一匹马和三只骆驼，那三只骆驼由一只大猎狗和一对小短毛猎狗来冒充——提供充分的补给。

我搞了一大堆好吃的东西，把它们都装到马鞍边的一只篮子里；她像个仙女似的快活地跳到马背上，一顶宽边帽系着一条面纱，为她遮住七月的太阳。她嘲笑我嘱咐她小心骑马，不要骑得太快，早些回来，然后欢笑着飞驰而去。

这个顽皮的家伙到茶点时一直没有露面。不过，其中一个旅行者，就是那只大猎狗，因为年龄已大，又图舒适，先回来了；可是不论是凯瑟琳、小马，还是两只小猎狗，却都有不见踪迹。我连忙派人前去寻找，找了这条路，又找了那条路，最后我也亲自去找她了。

在庄园边上，有个工人在围绕林地的边界筑篱笆。我问他有没有看到我们的年轻小姐。

“我早上看到过她，”他回答说，“她要我给她砍一根榛木做鞭子，然后就骑着她的加勒韦小马，从那边最矮的篱笆上跳过，跑得没影了。”

你可以猜想到，我听到这个消息的时候，心中是多么慌乱。我立刻想到，她一定是到盘尼斯顿岩壁去了。“她会不会出事啊？”我喊出声来，从那个人正在修补的裂口挤了出去，直奔大路而去。

我好像是参加竞走比赛似的一路走了一英里又一英里，直到转了一个弯，看见了那座山庄；可是不论远近，都瞧不见凯瑟琳。

岩壁距离希斯克利夫的住处还有大约一英里，离我们的田庄却有四英里，所以，我开始担心，要是还没赶到那里天就黑了，那该怎么办。

“要是她在那边攀岩的时候滑了下来，那可怎么办呢，”我心想，“要是她摔死了，或者摔断了骨头怎么办？”我的担心让我感到真正的痛苦。当我匆匆忙忙经过农舍时，看到了那只最凶猛的猎狗查理正卧在窗下，它的头肿了，耳朵流着血，这时我才开始欣慰地放下心来。

我打开农舍篱门，跑到房门前使劲敲门，叫人快快开门让我进去。一个女人前来开了门——她曾经住在吉默顿，我认识她；自从恩萧先生死后，她就一直在那里当仆人。

“啊，”她说，“你是来找你家小姐的吧！别害怕。她在这儿很安全；不过，我很高兴来的不是主人。”

“这么说，他不在家吗，是不是？”我喘着气说，一路上我担惊受怕，匆匆赶路，已经上气不接下气了。

“不在家，不在家。”她回答，“他和约瑟夫都出去了。我想这一两个钟头还不会回来的。进屋来歇一会儿吧。”

我走进屋，看见我那只迷途的羔羊正坐在炉边，躺在她母亲小时候的一把椅子上晃来晃去。她的帽子挂在墙上，她显得十分自在，有说有笑的，兴致盎然，让你简直没法想象。她这会儿正在和哈里顿谈笑。哈里顿现在已经是一个十八岁的小伙子了，身强力壮的。他惊奇地瞪着她，听着她一连串地不停提问和评论，小嘴巴一刻不停地叨叨着，而他能领会的却是微乎其微。

“好呀，小姐！”我喊叫着，装出一副生气的模样来掩盖我的喜悦。“在爸爸回来之前，这可是你最后一次骑马了。我再也不能相信你，放你跨过那道槛了，你这个淘气的、淘气的姑娘！”

“啊哈，艾伦！”她高高兴兴地叫着，跳起来跑到我身边。

“今儿晚上，我可有个好听的故事要讲给你听呢！——你还是找到我啦！你这辈子来过这里吗？”

“戴上那顶帽子，马上回家，”我说。“你可让我担心坏了，凯西小姐：你犯了极大的错误。不要噘嘴、哭鼻子的，那些没用，没法补偿我漫山遍野找你的苦头。想想林顿先生怎么嘱咐我不让你出去的？可你就这么悄悄溜出去啦？这表明你就是个狡猾的小狐狸，没有人会再相信你啦！”

致过路者

夏尔·波德莱尔

1821—1867

夏尔·波德莱尔是法国诗人、散文家、翻译家和评论家。他的诗歌经常与城市浪游者的形象联系在一起。浪游者是一个懒散、富有的城市探索者，也是城市生活的观察者。在论文《现代生活的画家》中，浪游者是在寻找经验，在公共城市空间的外部世界和私人激情的内部世界之间无缝地交叉。我们在波德莱尔的诗集《恶之花》(1857年首次以法语出版）中的《致过路者》中看到了这一思想的有力描绘。叙事者描述了当他走过一个美丽的女人时所感受到的兴奋，这是一个非常强烈的时刻，但他周围的世界却无法看到他的内心世界。

在我的四周，街头的喧闹响彻云天，
忽然飘过一位华贵女子，脚步匆匆，
她身上穿着丧服，表情痛苦而庄重，
那女王般的手指，轻轻地撩起裙边，

她身姿轻盈雍容，四肢从容地摆动，
啊，那面庞让我如此沉醉，彻底癫狂，
如黢黑的夜空飓风骤起，一片迷茫，
那甜蜜让人销魂，那喜悦令人惶恐。

一道霹雳——黑夜四合……美只在转瞬之间！
随意的一瞥，竟让我在刹那间复苏，
到此生终结，是不是永不和你相遇？

她已走向远方，一切已晚，此时不再，
我不知你飘往何方，你不知我的前路，
哦！我本应爱过的人，这爱——你自己清楚！

皎洁的长路蜿蜒月中

节选

A. E. 霍斯曼

1859—1936

阿尔弗雷德·爱德华·霍斯曼是英国诗人和著名学者，最著名的作品是《什罗普郡少年》（1896）。这是一部以英国乡村为背景的抒情诗集，以死亡、青春、爱情和失望为主题。这本诗集有一种忧郁、绝望的基调，下面这首《皎洁的长路蜿蜒月中》也不例外。叙述者渴望他的爱人，并寄希望于两人能够最终团聚。他的诗优美地捕捉到了漫步所带来的冥想状态。

三十六

皎洁的长路蜿蜒月中，
空旷的月儿高悬路上，
皎洁的长路蜿蜒月中，
将我带离爱人的身旁。

树篱垂立，微风不举，
月影绰绰，静谧无比：
我脚踏月光中的尘土，
追寻那长路永远不息。
旅者常说，地球是圆，
脚下的路却笔直延展，
未来美好需跋涉不断，
长路将领我回到起点。

回归的环路行色匆匆，
必须走向杳邈的远方，

皎洁的长路蜿蜒月中，
将我带离爱人的身旁。

铁道外的漫游

节选

威尔基 · 柯林斯

1824—1889

威尔基·柯林斯是英国诗人、剧作家和小说家。他最著名的作品是小说《白衣女人》(1859)和《月光宝石》(1868)。以下节选自《铁道外的漫游》(1851),这是一个关于柯林斯徒步游览康沃尔的旅行故事,当时英国的铁路尚未开通。这本书既有对风景的美丽描述,还穿插了康沃尔历史、民俗和礼仪的描写。下面的节选给人一种“脱离电网”的感觉,作家摆脱了所有形式的日程安排徒步旅行。在一个快速发展和商业化的世界里,行人是“整个旅行世界的自由公民”，能够支配自己的步伐。尽管如此，这本书始终有一种意识，即这座悠闲的避风港最终必须赶上世界的步伐。

二、康沃尔渔镇

时间是晚上十点。背景是在路边的一处河岸，岸上长满了小枞树，为两个旅行者提供了一个暂时休憩的地方。这两个旅行者正享受着夜间凉爽的空气，他们仰面朝天躺在地上——或者说躺在背包上，因为那背包早已成了二人脊梁的一部分，看着那开阔平坦、风景如画的夜空。这两位旅行者是：这本书的作者以及与他结伴浪游的艺术家朋友。他们一直希望能够共同徒步探索康沃尔，而他们朝思暮想的目标终于在一八五零年的夏日实现了。

就他们当前的位置来讲，两个旅行者（在地理意义上）被四面包围：东面是沿着一个峭石嶙峋的山麓蜿蜒而下的长长的道路；西面是在一条宽阔的、半干涸的潮汐河道；北面是树木、山丘和高地山谷；南面则是一座老桥和附近的几栋房子，房子窗户里的灯光倒映在浅水中隐隐发光。简单地说，他们环顾四周，眼中南部的边界代表的是一个名为罗欧的地方——这是康沃尔南海岸的一个渔镇，是他们今天过夜的目的地。

此时此刻，他们背着背包徒步漫游，已经完成了他们的初始目标，取得了最彻底、最令人鼓舞的成功。然而，你们这些在繁忙生意和激烈竞争时代中还能挤出时间享受独自旅游的快乐的人们，你们这些还没有从铁路、马车和马鞍的奴役下解放出来的人们，我劝你们，要相信一切交通方式中最原始、最古老的那种工具——你们的双腿！想想你被火车铃声扼杀在萌芽状态的温柔离别；想想难以辨认的十字路口和坏掉的马车弹簧；想一想交给漫天要价的搬运工手中的行李；想一想丢失铁掌和患上感冒的马匹；想一想抽筋的双腿、麻木的双脚；想一想那种想在这里下车稍稍驻足，想在那里愉快地耽搁半小时却无法实现的愿望——想一想这些让你无法轻松出行的种种艰辛；下一次，当你离开家的时候，把行李缚在肩上，把拐杖拿在手中，把自己从各种完美无缺、必不可少的累赘装备中解放出来，动身出发吧，去哪里，怎样去，一切由你选择。在这个旅行的世界中，你是自由的公民！没有了羁绊，你还有什么目标不可能实现？有什么快乐你无法享受？你是艺术家吗？那你可以停下来，勾勒出每一种触动你目光的景色。你是慈善家吗？那你可以走进每一间农舍，与每一个你路过的人交谈。你是植物学家、地质学家吗？那你可以在任何你想去的地方，采集树叶和凿取石样，可以一整天沉浸在自己的兴趣之中。你是一个体弱多病的人吗？那你可以遵照大自然的简单处方，在新鲜空气中行走，强健你的身体。你是不是拖拖拉拉、犹豫不决？那你可以随心所欲地消磨时间；可以在十几个小时内十几次改变所有计划；可以吩咐旅店的杂役六点钟叫你起床，在他敲门五分钟后再次入睡（那是多么令人欣喜若狂的感觉），还可以两小时后再起床继续你的旅程，却心安理得，心满意足。这一切是因为，对于你来说，时间表除了做废纸，还能有什么用？一个“预订的位置”只不过是黑暗时代的遗迹。或许，你会害怕脚上磨出水泡，用冷醋和水擦拭你的脚，每十英里换一次袜子。如果可以的话，那就十英里以后再给我看看你的水泡！你第一次系上背包，五分钟后脖子后面的肌肉感到疼痛——继续走下去，疼痛就会自己走掉！我们如何忘掉第一次跨上马背时皮层的痛苦记忆？——再次骑马。同样的规则也适于背包旅行，准保取得同样成功的效果。因此，我要再说一遍，要快快乐乐地行走；健健康康地行走；要做自己行走的主人！——享受步行，观察步行，改善步行吧，这是任何骑手都做不到的！——只要行走起来，你就是那个能乐享美好假日的最佳的巡回榜样！在这个每天必须工作的地球表面上，你将会得到最惬意的假日享乐！

用我们被遗忘的双腿行走吧，我还能说多少赞美双腿的话呢？然而天色已晚，夜色中的乌云正随着风的呼啸缓缓地在天空中移动；我们必须离开路边的银行，经过旧桥的一端，沿着一条蜿蜒狭窄的街道前行，进入我们热情好客的小客栈。在那里，我们受到最善良的女主人的欢迎，受到最美丽的女侍从的招待。如果明天的罗欧没有成为一个小小的海滨天堂，那么今晚的吉祥预兆就苍白无力！

傲慢与偏见

节选

简 · 奥斯汀

1775—1817

简·奥斯汀是英国最著名的小说家之一，她以创作诙谐的作品而闻名，这些作品批评了她那个时代英国乡绅的生活方式和价值观。在小说《傲慢与偏见》（1813）中的这个片段中，伊丽莎白·本尼特步行三英里去看望生病的姐姐，让她的同龄人感到震惊。作为一个有尊严的女人，她竟然“这么一大早，天气这么糟糕，她竟然独自”敢于走这么远。在这里，步行是对上流社会及其令人窒息的礼仪的强烈反抗。

本尼特太太刚要回答，不料一个跑腿的走进来，手里拿着一封给本尼特小姐的信。信是从尼特菲尔德寄来的，仆人还在等着取走回信。本尼特太太乐得两眼发亮，在女儿读信的时候，她迫不及待地喊了起来：

“喂！简，谁写的信？什么事？怎么说的？喂！简，赶紧告诉大家，快点，宝贝。”

“是宾利小姐写来的信。”简说，然后把信读了出来。

“亲爱的朋友：

如果你今天不肯垂爱，来和路易莎与我一起吃饭，我们这辈子可就要结下冤仇了，因为两个女人整天面对面地谈心，不可能没有争吵。如果你收到这封信，就赶紧来吧。我哥哥和另外两位先生也要和军官吃饭。

——你永远的朋友

卡洛琳·宾利”

“和军官一起吃饭！”莉迪亚嚷道，“我纳闷，姨妈为什么没有告诉我们这件事？”

“要出去吃饭，”本尼特太太说道，“真不凑巧！”

“我可以乘车去吗？”简问道。

“不行，亲爱的，你最好骑马去，因为天好像要下雨了，那样你就能在那里过夜了。”

“你要是肯定他们不会送她回来的话，”伊丽莎白说道，“这倒是个好办法。”

“哦！男士们要乘宾利先生的马车去梅里顿，赫斯特夫妇连马都没有。”

“我还是愿意乘车去。”

“可是亲爱的，我敢说，你父亲空不出马来。农场上还要用这些马，本尼特先生，对不对？”

“农场那边总要用马，很少能轮到我用。”

“可是，如果今天农场用了马的话，”伊丽莎白说，“我母亲就能如愿以偿了。”

在她的逼迫下，父亲终于不得不承认，那些马都已经派上了用场。因此简只能骑着另外一匹马去，母亲把她送到门口，还做了许多天气将要变坏的乐观预测。她果然如愿了。简走后不久，天就下起了大雨。妹妹们都替她担忧，母亲却高兴得很。整个夜晚，雨下个不停；简肯定无法回来了。

“真亏我想出了这个好办法！”本尼特太太不止一次说，好像这雨是她一个人的功劳。可是，她的妙计究竟给女儿带来了多大的幸运，直到第二天早晨她才知道。早饭刚刚吃完，尼特菲尔德的仆人就给伊丽莎白带来了下面的这封信：

“我最亲爱的利兹：

今天早上我很不舒服。我猜，这是昨天浇了雨的缘故。朋友们不肯听我说要回家的话，而是好心劝我身体好了再走。她们还非要让琼斯先生来给我看看——因此，你们要是听说他已经来给我看过，请不要惊讶——我只是有点头痛喉咙痛，没有什么大碍。

你的……”

“亲爱的夫人，”伊丽莎白读完信后，本尼特先生说道，“如果你女儿重病发作——如果她不治身亡，我们也应该感到欣慰，因为那是奉了你的命令，去追求宾利先生才引起的。”

“哦！我一点也不担心她会死。只是小小的感冒，不会死人的。有人会照顾她。只要她待在那里，就不会有问题。我要是有车，也会去看她的。”

伊丽莎白心急如焚，尽管没有车，也决意要去看她。可是由于她不会骑马，走路是唯一的选择。她当即宣布了自己的决定。

“你怎么能这么傻呢，”母亲嚷道，“路上这么泥泞，亏你想得出来！等你到了那里，还怎么见人？”

“我能见到简就不错了——这是我唯一想做的。”

“你是不是在暗示，”父亲说道，“要我给你派马来？”

“当然不是。我并不是不想走路。人心里打定了主意，这点距离就算不上什么了，只有三英里远而已。我吃饭时间就会回来的。”

“你能把善意变成行动，我很赞赏，”玛丽说道，“可是每一次情感的冲动，必须受到理智的引导，况且依我之见，凡事要有度。”

“我们俩会一直陪你走到梅里顿的，”凯瑟琳和莉迪亚说道。伊丽莎白表示赞成，于是三位年轻小姐便一道出发了。

“我们要是快点走，”三人在路上走着的时候，莉迪亚说道，“或许在卡特临走前，还能看见上他一面。”

她们到了梅里顿便分手了。两个妹妹朝军官太太的住处走去，剩下伊丽莎白自个儿往前走。她快步穿过一片片田野，跳过一道道栅栏，越过一个个水洼，动作急切而匆忙。最后，她终于看到了房子。此时，她的脚踝酸累，袜子满是泥浆，脸也因为劳累而发热，变得通红。

仆人把她领进了早餐厅。所有人都在那里，唯独不见简。她一进屋，所有人都大吃一惊。这么一大早，天气这么糟糕，她竟然独自走了三英里，这让赫斯特太太和宾利小姐感到简直不可思议。伊丽莎白料想，她们一定瞧不起她这种举动。不过，大家非常客气地接待了她。她们的兄弟不仅彬彬有礼，而且还非常热情友好。达西先生没怎么开口，而赫斯特先生则一言未发。达西心里充满矛盾，一方面爱慕她奔波后的奕奕神采，一方面又怀疑她是否有必要大老远自个儿到这里来。赫斯特先生则一心想着吃早饭。

流浪的安古斯之歌

W. B. 叶芝

1865—1939

威廉·巴特勒·叶芝是爱尔兰诗人、剧作家、散文家和诺贝尔文学奖获得者。他是爱尔兰文学复兴的关键人物，因此他的作品专注于寻找爱尔兰身份。在下面的一首诗《流浪的安古斯之歌》中，一个超自然的存在出现在到森林漫步的神秘人物安古斯的面前。这首诗摘自他的诗集《芦苇间的风》(1899)，借鉴了古老的异教信仰，将爱尔兰人的身份与神话般的过去联系在一起，更重要的是，将爱尔兰身份与风景联系在一起。它创造了原始的、田园的、凯尔特人身份，并用这些形象塑造爱尔兰愿景，让我们相信“真正的爱尔兰”是可以徒步发现和了解的。

我来到户外走进榛树林中，
只因为头中那燃烧的焰火，
我砍下榛枝剥成一根细杆，
系一根丝线再拴一粒莓果；
等那粉白的飞蛾随风起舞，
繁星也如那飞蛾一般闪亮，
便投一颗草莓到溪流中央，
一尾小小的银鳟跃到钩上。

我把鱼儿轻轻地放在地上，
转身吹燃那柴垛上的火苗，
地上似乎有什么簌簌作响，
我听到有人正在把我呼叫：
那银鳟竟变成晶莹的少女，
苹果花瓣飞撒在她的头上，
她呼着我的名字向我奔来，
却忽然消失只剩一片光亮。

我拖着衰老身躯四处游荡，
穿过那无人的土地和山丘，
我一定要找到她隐藏之地，
亲吻红唇拉起她芊芊玉手；
与她一起走进那五色深草，
尽情地采撷那月亮的银果，
还要采下太阳的金色果子，
直到忘却时间也忘却你我。

乡村缪斯：诗集

选段

约翰 · 克莱尔

1793—1864

约翰 · 克莱尔是英国劳动阶级的浪漫主义诗人，他的作品主要与自然有关。在克莱尔的诗中，漫步与观察息息相关。这些诗充满了对乡村环境的细腻观察（这是一个在田野里工作并熟悉乡村的人看到的）。克莱尔在诗歌在获得公众认可之后仍继续长期在农场工作。他的诗作《夏日心情》和《闲暇时光》选自《乡村缪斯：诗集》（1835），非常详细地描绘了乡村场景。在这两首诗中，我们注意到了蜗牛、长脚秧鸡（一种鸟类）的叫声，还看到了河流中的涟漪、树叶上的水滴等景象。

夏日心情

我喜欢独走在傍晚潮起之时，
狭长的小径上露水挂满荆棘，
脚下深草中蜗牛深黑的身子，
爬出土地亮出那羞涩的双犄。
我喜欢在新锄的草地上沉思，
枯萎的草儿让空中溢满香气，
伤心的蜜蜂疲倦地寻找花蜜，
总也找不到昨日那鲜花满地。
鹌鹑却躲在鲜美的玉米苞里，
叫嚷着“湿了脚”，就像灵感藏匿，
还有仙子般罕见的长脚秧鸡，
“吉利吉利”，声音仿佛来自土底。
我快乐迎接傍晚露珠的雾气，
看那光线渐渐隐没夜色四起。

闲暇时光

我悠闲漫步，时常来到古桥，
依靠在墙上，看脚下的水流，
荡起涟漪，穿过油绿的水草，
如快乐的旅行者，边走边聊。
看阳光在桥拱上欢快地舞蹈，
时间也舞动着，跟随着水潮。
河岸上一些低垂的花已干枯，
在炽烈的阳光下，气息衰粗，
因泥点溅落叶上而欣喜若狂，
还有耕牛跃进那深深的池塘；
水中的花每一朵都能够分享，
快乐沉醉于自己杯中的佳酿：
这世上，有人奋斗有人彷徨，
有人挣扎，有人则富贵荣光。

与众不同的女孩

节选

罗莎·努塞特·凯莉

1840—1909

罗莎·努塞特·凯莉是英国小说家和儿童作家。她是一位多产的作家，一共创作了 41 部小说，深受读者喜爱。人们对她的作品众说纷纭，一些人认为它们滑稽过时，另一些人认为作品本质有益，对年轻女孩会产生积极影响。《与众不同的女孩》（1884）是一部关于上流社会的三姐妹的小说，讲的是她们发现自己破产后开始从事裁缝这一职业的故事。小说声称，尽管与社会上的普遍观念不同，但事实上，如果有必要，上流社会的人照样可以工作，甚至因此而令人起敬。如果一个社会中年轻人的行为受到严格监管，那么外出漫步则会成为秘密建立亲密关系的天堂。在下面的节选中，我们知道，对于年轻的情侣迪克和楠来说，散步并不仅仅是步行；显然，热衷于步行的迪克对在阿尔卑斯山度过一个夏天的前景并没有感到兴奋，因为这意味着，他将错过与楠在他们简陋的社区里日常漫步的机会。

第二章 迪克反对去山里

“我们像以前那样散散步好吗？”楠和迪克来到窗前和她站在一起的时候，菲利斯问道。

这是格伦村舍的一个习俗。只要一有机会结伴出行，不管傍晚的露珠是否会弄湿洁白的连衣裙，三个女孩都会戴上帽子，在迪克的带领下，在安静的村庄里闲逛，或者像她们所说的那样，沿着乡间小路上来回走走，“呼吸一下空气”。

我们可以这样说，在查洛纳太太看来，把三个漂亮女儿托付给迪克这样的小伙子，本来是符合分寸的；最近，她脑子里出现了一些疑虑，让她开始谨慎起来。菲利斯可以说，迪克只是迪克，仅此而已。可他终究属于她敌人的行列，那些敌人像幽灵一样侵入她的家园，威胁着她作为一个母亲的安宁。迪克不再是个小男孩了；他已经长大成人，不再像以前那样笨手笨脚了；他总是骄傲地摩挲着那像沙子一样有颗粒感的胡须，这胡须证明他已经步入成年；不过与胡须相比，成年的一个更有力的证据，则是他举止上发生的那些无法形容的变化。

查洛纳太太开始对这傍晚的漫步心存怀疑了，她在脑子里翻来覆去地寻找各种借口，试图下次阻拦住楠，不让她出去散步。

“也许就这一次吧，没关系，”她低声自言自语，像往常一样准备小睡一会儿。

“我们不会出去太久的，小妈妈；所以你肯定不会觉得无聊的，”杜尔塞说着，轻轻地吻了一下她的眼睛。这只是这间农舍里的一个令人愉悦的虚假承诺，一次小小的、优雅的欺骗，不会给家人带来任何伤害。

杜尔塞了解母亲饭后需要安静小憩，她知道只要多萝西把茶盘端进来，母亲的眼睛就会睁开；但她也意识到，没有什么比注意到这个习惯更让她母亲不高兴的了。当姊妹们在门口徘徊，低声交谈以免打扰她时，查洛纳太太总是能轻而易举地打断她们的谈话，令她们感到困惑。

“我完全不同意你的想法，”她会用昏昏欲睡的声音说。“现在不正是多萝西端茶进来的时候吗？我希望你们都能大声点说话。我想，我一定是有点聋了，根本听不清你们说些什么。”

“哦，我们随便说说而已，妈妈，”杜尔塞回答；姊妹们的闲聊又开始了，母亲的头在床垫上一点一点，直到她的小憩再次被打断。

“我们不能再这么经常去散步了，”当他们一起穿过村子时，迪克带着遗憾的语气说。他们进入一条岔道，来到一条长长的乡间小路上，新鲜的空气吹拂着他们的脸，贴近地面的薄雾笼罩着草地。天还没有完全黑下来，天空中悬着一颗小小的月亮，一两颗星星在闪闪发光；空气中有一股清新的香味，就像刚割过的青草一样。

他们一起并肩而行，保持一致的步调，迪克走在中间，楠在他的旁边。杜尔塞抱着胳膊，不时地哼唱起曲子来。

“我真羡慕你！”菲利斯喊道，“想想看，在瑞士待整整三个月啊！哦，你这个幸运的家伙！”

这是因为，梅恩一家决定要在恩加丁度长假。有人暗示，楠应该陪他们一起去，但查洛纳太太对邀请有些反感，梅恩太太也没再提这事。要是楠早知道就好了！但母亲已经在这件事上做了主。

“我不知道,”迪克不同意；他喜欢辩论，纯粹是为了获得提出反对意见的乐趣。“山脉和冰川当然不错，但总的来说，我还是喜欢在这里。你看，我和许多伙计一起玩乐，早就习惯了。要是只有父亲一个人陪我，恐怕就很无聊了。”

“不害臊！”他一贯的监护者说，不过，她语气温和，因为她心里知道为什么迪克不觉得那些山有多少魅力。

米德尔马契

节选

乔治·艾略特

1819—1880

玛丽·安·埃文斯以笔名乔治·艾略特而闻名，她是维多利亚时代的著名小说家、诗人和记者，出生于英国沃里克郡。她的现实主义小说被广泛认为开创了描写人物主观、心理内质的先河，这后来成为现代小说的特征。在这部选自《米德尔马契》（1872）的作品中，艾略特熟练地将主人公多萝西娅·布鲁克的内心世界和外在世界交织在一起。她在树林中漫步，思考自己的未来。户外漫步让多萝西进入一个摆脱米德尔马契社区期望的空间——但不幸的是，在这种情况下，苦行的女主人公的思想让她选择了一条悲惨的道路，这条道路还涉及比她年长的、庄严的学者卡苏邦。

正值秋天，风和日丽。下午三点钟，卡苏邦先生已返回在洛伊克的教区长公馆，这里离蒂普顿仅五英里。多萝西娅戴上帽子，披上围巾，沿着灌木丛匆匆穿过公园。在这公园边的树林里，她常常独自漫步，周围看不到一个人，只有一只大圣伯纳德狗陪伴她，那狗的名字叫蒙克，姊妹俩外出散步时，它总是跟在后面，保护她们。此刻，她的眼前浮现出一幅图景，她从中看到了自己的未来，她战战兢兢，满怀希望地等待未来的到来。她想独自在这梦幻般的世界中遨游，不受打扰。她沉浸在清新的空气中，步伐轻盈地走着，两颊泛起了红晕，草帽稍稍向脑后倾斜（现在的人看到这种草帽，就像看到一个早已过时的篮子一样，一定会大惑不解，啧啧称奇）。或许我们还应该提一下她的头发，不然的话，我们就没有看到她的全部风采——她把棕色的头发编成扁扁的发辫，盘在脑后，露出头的轮廓。这种打扮可谓无所顾忌；按照当时的风气，所有人都觉得，应该用高耸的卷发和蝴蝶结层层遮住自然的单调贫瘠，这种发型，除了斐济人，恐怕任何伟大的民族都望尘莫及。总之，这种装束就是布鲁克小姐禁欲主义的体现。可是，在她那大大的明亮的眼睛里，可看不到任何禁欲的神情。那双眼睛看着前方，却并非在有意识地看着什么，而是完全沉浸在自己的内心世界中。午后的阳光壮丽而光辉，在遥远的椴树林中投下一道道长长的光线，树影斜横，交叠在一起。

所有的人，不论男女老少（也就是说，在改革前时代所有的人），如果他们认为，她那闪闪的眸光和红润的双颊，是普通女孩情窦初开的反应，他们一定会对她产生浓厚的兴趣。佳人克洛伊对才子斯特雷方的倾慕，不知在多少诗歌中得到传颂，那种眷眷的蜜意，出自天然的信赖。碧品小姐对年轻的庞普金心生倾慕，朝思暮想，甘愿白头相守，这么一出小小的戏剧，改装换面反复上演，却让我们的父母百看不厌。就算庞普金身着细腰燕尾服，他优美的身材足以抵消这一缺陷，因此每个人都觉得，这种装扮对于完美的女性来说，不仅自然，而且必不可少，必定会让温柔的姑娘倾心，相信他品行方正，才华超群，尤其相信他的情深意笃。但是，如果一个女孩子对婚姻大事自有主张，对生命的目标抱有更崇高的热情，而且这热情之火主要靠它自身的火焰熊熊燃烧，既不依赖华贵的嫁妆，也不看重精美的器皿，甚至不会憧憬风韵少妇的光彩和甜蜜，对这样一个女孩的梦想，恐怕世上没有一个人会表示同情的理解，蒂普顿一带的人们当然更不会理解。

此刻，出现在多萝西娅心中的念头是：卡苏邦先生或许要娶她为妻。一想到他会垂青于她，她便对他充满敬意，心存感激。他是那么美好——不，他简直像一位展翅而飞的天使，突然降临在她生命的道路上，向她伸出双手！很久很久以来，一种渺渺无期的失落感压在她的心头，像夏日里浓重的雾气，一直笼罩着她，使她无法实现自己的愿望，让她的生命充实而圆满。她能够做些什么，应该做些什么呢？她甚至还没有成为一个含苞欲放的女人，却拥有激荡的胸怀和崇高的精神需求，她不要满足于对一般女孩子的训导，那训导如同一只老鼠不绝于耳的唠叨，不断地对人开导和评价。倘若她生性愚钝，高傲自负，或许就会相信，一位笃信基督教的幸运女人，应该在乡村的慈善事业中找到自己的生命理想，接受贫寒教士的赐福，诵读《圣经女贤录》，揭示《旧约》里的萨拉、《新约》里的多加的内心历程，在深闺中绣花绣锦，陶冶情操，将来再嫁给某个男人，过上美满的婚姻生活，而她的男人，即便不像她那样严于律己，从事一些无法用信仰解释的事情，终归也可以为他迷途知返而祈祷，进行及时的劝告。然而多萝西娅早把这些满足拒之门外了。她那虔诚的信仰，以及那信仰对她生命的种种规约，只是她笃定、冷静天性的一个方面，而这种天性又让她睿智而理性。对于她这样的天性，如果每日挣扎于心胸狭隘的导师教鞭之下，挑战社会生活的约束，拒绝把自己封闭在错综复杂的小小迷宫之中，拒绝在与世隔绝的曲折小径上徘徊，那么，其结果势必会引起众人的非议，指责她狂妄自大和不守本分。凡是她认为最美好的事物，她总要探个究竟，而不只是虚伪地循规蹈矩，服从于那些从未接受过的规则。她把年轻的激情全部倾注到了这个饥渴的灵魂之上，她所向往的那种婚姻，既能把她从少女的无知中解救出来，又能让她心甘情愿地接纳他的指导，让他带领她走上者最崇高的道路。

“那么，我就应该学习一切要学的，”她自言自语道，脚步依然轻快地迈着，穿过那片树林。“学习将会成为我的责任，我要助他完成伟大功绩。我们的生命不再微不足道。我们日常的一切将拥有最重大的意义。嫁给他就像就给帕斯卡尔。我要用伟人同样的视角探索真知。然后，等我再大一些，我就知道该做什么，我就知道怎样在此时此地的英格兰过上崇高的生活。可是现在，我不能断定怎样做才好，我每做什么，都像完成传教的使命，而人们的语言我却无法听懂。我唯一能做的，就是建造坚固的农舍——这一点毫无疑问。啊！但愿洛威克的人们都能安居乐业！只要有时间，我就要不断做出各种计划。”

乡间漫步

约翰·戴尔

1699—1757

约翰·戴尔是威尔士诗人、画家和牧师。下面这首诗《乡间漫步》记录了他在卡马森郡的格罗加山上的一次漫步。我们可以从他对风景的描述中看出一个画家的眼光——他对光、影、色的关注。我们还可能注意到，他对古典作品的引用将谦逊的步行者变成了神话中的英雄，并将格罗加山变成了太阳山。这种对自己家乡风景的喜悦和自豪感后来给威廉·华兹华斯这样的诗人带来了启发与灵感。

清晨的风景美不胜收，
看朝阳初生，精神抖擞，
红润着脸颊开始晨走，
早起的鸟儿翱翔天空，
为朝阳一展甜美歌喉。
我要在这美妙的一天
漫步在那开阔的乡间，
头顶一片广袤的苍穹，
抬头看诸神闲游太空。
我看见金黄的谷仓前，
亮丽的雄鸡起舞翩翩，
它们昂首阔步，迈向前方，
谷壳在脚下四处飞扬。
鸡鸭鹅群，无不在嬉戏，
还有咕咕觅食的火鸡。
农夫把沃土来回翻滚，
引得所有人相拥出门。
大自然露出美丽面目，

奥古斯塔！擦去额上尘土，
那美景就在我的眼前，
看翠谷和明亮的群山。
我看见那蔚蓝的天庭，
有金色和银色的云层
现在我要走进那田间，
那里的鲜花红似火焰，
忍冬花芬芳漫空飞飘，
我要和篱笆说声你好。
我在雏菊花蜜中徜徉，
当我漫步在田间道上，
潺潺的溪水轻轻滑过，
晶莹的水珠眼前闪烁，
它告诉我悠闲的潮头，
正陪伴我幸福地神游。
我感到痛苦后的欢乐，
睡梦中听情人的忧歌，
自然的地契全归他有，

那是他最美味的珍馐。
幸福的情人更加幸福，
堪比高贵的国王王储！
再华贵再美丽的皇冠，
哪如细绒床上的安眠！
正午的太阳光焰万丈，
在周围洒下炽热光芒。
我要从这里继续前行，
走入那片林下的阴影，
我要躺在绿色苔藓上，
绿草在橡树根上生长。
除了那洪流，一切静谧
流水吟唱着穿过林地；
鸟儿在枝头婉转啁啾，
用歌唱迷倒林中静幽。
哦，静幽！你就是那君王，
统治诗人繁忙的思想！
他思绪万千，服从号令，

听从瀑布的水声泠泠。
像田鼠，只要周围安全，
就伸出小头，不惧危险，
这儿那儿，匆忙地赴宴。
有人狂奔向众神之山，
一睹美丽的缪斯清泉，
只看到泉水干枯孤独，
却无吟唱的缪斯居住，
偶尔有只愚忠的母鹿，
围绕着死水四处踯躅。
有人追踪欢乐的小道，
也有人将这幸福毁掉，
荆棘路上悲伤地迷失，
只为缅怀那遥远昨日。
请停一停，听她的轻歌，
柔美甜蜜、深沉而清澈。
不，那并非她的歌唱，
而是身后传来的回响。

有人耽迷远大的志向，
向身下黑色巨渊张望；
有人在庭院忧伤痛苦，
阿谀的人群到处潜伏；
有声音惊动我的耳目，
那是身旁跳过的林鹿！
流水哗哗正离你而去，
一切消失得不知去处。
我唤醒自己，继续漫步，
早就该离开丛林上路。
夕阳西下，听傍晚微风，
开始窃窃在树林轻哼。
我告别那森林的暗影，
来到明亮的日光之中。
有老人巢居依树而立，
炊烟从古树袅袅升起，
柳树作墙，荆豆花环抱，
小花园在它下面倾摇。

一簇簇苍翠向远延伸，
百草相杂甜美又清纯。
一湾河水蹦跳着前行，
让百草更加苍翠年轻。
他对着铲子吹一口气，
将树荫下的甘蓝掘起，
他身穿褐色破旧衣裳，
而须发早已雪白如霜；
树液蒸发，顺树干流下，
留下苍老的手与脸颊。
我此刻在格朗山劳作，
看他毛发浓密的前额。
哦！空气多么纯洁新鲜！
再让我多多呼吸一点。
大自然啊！我身在何方？
眼前是你丰饶的谷仓。
寺庙、城镇、树林和钟楼！
山丘、河谷、田野和河流！

在我的面前你推我攘，
看大地一片野蛮空荒。
看，美丽圆顶就在脚下，
是诗人的骄傲，诗人的家。
明媚的阳光洒在屋上，
从黎明直到天色昏黄。
看森林回声之神在嚷，
她修剪花丛，走在田上。
她的荒野上灌木芬芳，
幽静的深处湖泊闪亮。
诸神啊，留在这个地方，
它那么惬意、舒适、理想。
看远处的山，陡峭直立，
山脚的河水深不见底。
远看就像金字塔矗立，
藏身在苍翠的树林里。
尖尖树梢有什么升起，
那是一个宏伟的府邸。

古老的钟塔身披翠绿，
俯瞰身下蜿蜒的河谷。
远眺鲜花满地的平原，
牛羊环绕在牧童身边，
偎依着听他引吭高歌，
他盘腿而坐，无比快乐，
依靠着河岸，苔藓满坡。
他悠然度过闲暇时光，
时间像绒毛轻轻飘扬，
看这里那金色的草地，
银白的河流，柳条荫蔽，
一个渔翁在下面站立，
他手执钓竿，空中一挥，
就有上钩的小鱼翻飞，
太阳羞涩地躲到山后，
亲吻慢慢蜿蜒的溪流；
远处的山丘越来越远，
黄昏的云彩飘荡山间，

田野空无一人，庄稼汉
任疲乏的牛随意四散；
哞哞的叫声响彻群山，
回音在谷中连绵不断，
快乐的牧童吹响笛声，
驱赶着牛群踏上返程；
村里的炉火缓缓燃起，
四处盘旋升腾着烟气；
快乐的人们回家歇息，
我来到阿波格拉斯尼[①]。
哦！这天的我如此幸福，
与时间之神并肩漫步，
我没有孤独，没有迷途！

---

① 阿伯格拉斯尼 (Aberglasney)：指威尔士卡马森郡的 Aberglasney Garden，包括一栋中世纪宅邸和花园，被视为英国最美丽的花园所在。1710 年由约翰·戴尔的父亲罗伯特·戴尔购入。

图书在版编目（CIP）数据

出门散步去/（英）苏西·克里普斯编著；丁林棚译. —北京：中译出版社，2023.6
（关于人生这场旅行的四件小事）
书名原文：THE JOY OF WALKING
ISBN 978-7-5001-7306-9

I. ①出… II. ①苏… ②丁… III. ①世界文学－现代文学－作品综合集 IV. ①I11

中国国家版本馆CIP数据核字（2023）第021280号

著作权合同登记号：图字01-2022-2382

出门散步去
CHUMEN SANBU QU
出版发行：中译出版社
地　　址：北京市西城区普天德胜大厦主楼 4 层
电　　话：（010）68359827，68359303（发行部）；68359725（编辑部）
传　　真：（010）68357870　　**邮　　编：**100088
电子邮箱：book@ctph.com.cn　　**网　　址：**http://www.ctph.com.cn

出 版 人：乔卫兵　　**总 策 划：**刘永淳
策划编辑：范祥镇　王诗同　　**责任编辑：**范祥镇
文字编辑：王诗同　　**版权支持：**马燕琦
营销编辑：吴雪峰　董思嫄　　**封面设计：**黄　浩　Kay

排　　版：北京中文天地文化艺术有限公司　　**印　　刷：**北京顶佳世纪印刷有限公司
经　　销：新华书店

规　　格：710 mm×1000 mm　1/32
字　　数：120千字　　**印　　张：**8.375
版　　次：2023年6月第一版　　**印　　次：**2023年6月第一次

ISBN 978-7-5001-7306-9　　**定　　价：**32.00元